# Amélie und der deutsche Major

AF205832

Juergen von Rehberg

# Amélie und der deutsche Major

*Bibliografische Information der Deutschen National-bibliothek:*
*Die Deutsche Nationalbibliothek verzeichnet diese Publikation in der Deutschen Nationalbibliografie; detaillierte bibliografische Daten sind im Internet über http://dnb.dnb.de abrufbar.*

*Herstellung und Verlag: BoD – Books on Demand, Norderstedt*

*ISBN:                    978-3-7460-3116-3*

*„Meinen Wagen, bitte!"*

Der junge Mann in Livree nahm den Schlüssel, den ihm der Hotelgast entgegenhielt, und er antwortete mit einer leichten Verbeugung:

*„Sofort, Herr Konsul."*

Es war ein trüber Herbsttag und der Wind trieb den Regen beinahe waagerecht vor sich her. Er war so heftig, dass an den Gebrauch eines Regenschirms erst gar nicht zu denken war.

Eine junge, hübsche Frau hatte sich in unmittelbarer Nähe zu dem Konsul gestellt und blickte erwartungsvoll auf die Straße.

Jaques vorm Walde, Honorarkonsul von Haiti, schaute die junge Frau an und, er erkannte in ihr die Hausdame des Hotels, Frau Heller, die man neudeutsch als „Housekeeper" zu bezeichnen pflegt.

*„Kann ich Sie irgendwohin mitnehmen, Frau Heller?"*, fragte er in einem väterlichen Ton, begleitet von einem feinen Lächeln.

*„Danke nein, Herr Konsul"*, antwortete Franziska Heller und fügte hinzu:

*„Es ist sehr nett, dass Sie mir das anbieten; aber ich warte auf ein Taxi."*

*„Das kann heute dauern"*, setzte der Konsul nach, *„bei diesem Mistwetter wollen alle ein Taxi."*

Inzwischen hatte der Mann in seiner schmucken Livree den Wagen des Konsuls vorgefahren und sich einen Schirm gegriffen, von denen einige im Eingangsbereich des Hotels aufbewahrt wurden.

Er hielt ihn aufgespannt über das Haupt des Gastes, um diesen damit - mit einem „Bitte sehr" – zu seinem Wagen zu geleiten.

Der Konsul nahm dem beflissenen, jungen Mann den Schirm aus der Hand, hielt ihn über die Hausdame Franziska Heller und sagte:

*„Kommen Sie, ich fahre Sie."*

Es lag so viel Charme und Herzlichkeit in seiner Aufforderung, dass Franziska Heller nicht widerstehen konnte.

Sie hakte ihren Arm unter den Arm des Konsuls, und dann eilten sie raschen Schrittes zu dem vorgefahrenen Wagen.

Das Auto, auf welches sie zugingen, war ein Traum in aubergine. Es war das Schmuckstück der französischen Automobilfirma Citroën, „La Déesse", „Die Göttin".

Bevor der Konsul die Tür öffnete, fragte er seinen Fahrgast, wo er einstigen möchte; hinten oder vorne.

*„Vorne, wenn ich darf"*, antwortete Franziska mit leicht geröteten Wangen.

„*Aber ja doch*", antwortete der Konsul, „*mit dem größten Vergnügen.*

Franziska Heller ließ sich in den Sitz gleiten, und Konsul Molnar schloss die Tür. Während er um das Auto herumging, um einzusteigen, betrachtete sie das Innenleben des Traumgefährts.

Und als der Konsul eingestiegen war, sagte Franziska:

„*Mit einem so wunderschönen Auto bin ich noch nie gefahren.*"

Jaques lächelte.

„*Und wohin darf ich Sie nun fahren, junge Dame?*", fragte er.

„*Bis zur nächsten U-Bahn-Station*", antwortete Franziska, die bei der Bezeichnung „junge Dame" leicht errötet war.

Mit ihren zweiundvierzig Jahren empfand sie sich nicht mehr als junge Dame, vielmehr als eine Frau, an der das Leben bisher achtlos vorübergegangen war.

Jaques hatte bemerkt, dass seine Mitfahrerin etwas verwirrt schien, und er fragte weiter:

„*Ich nehme an, dass eine beliebige U-Bahn-Station nicht das gewünschte Endziel ist. Oder irre ich mich da?*"

*„Natürlich nicht, Herr Konsul"*, antwortete Franziska in einem etwas trotzigen Ton.

*„Dann verraten Sie mir doch bitte, wohin Sie wollen"*, sagte Jaques, *„ich werde Sie gerne dorthin fahren. Oder ist das ein Geheimnis? Wenn ja, dann ist es bei mir gut aufgehoben; ich kann schweigen wie ein Grab."*

Er unterlegte seine Worte mit einem Lächeln, und er schaute Franziska damit ins Gesicht.

Franziska konnte sich nicht dagegen wehren. Obwohl sie es gar nicht wollte, erwiderte sie das Lächeln des Konsuls.

*„Das ist sehr lieb von Ihnen, dass Sie das anbieten, aber Sie haben sicher etwas Besseres zu tun, als mich durch die Gegend zu kutschieren."*

*„Also, dass Sie meine Göttin als Kutsche bezeichnen, das ist schon ein starkes Stück"*, sagte Jaques, und mit einem Augenzwinkern fügte er hinzu:

*„Dann sagen Sie aber jetzt dem Kutscher sofort, wohin er seine Rosse lenken soll."*

Franziska musste herzlich lachen. Ein warmes Gefühl erfasste sie. Dieser Mann hatte einen Zugang zu ihrer Seele gefunden, die sich schon vor langer Zeit zurückgezogen hatte.

Die Worte, die dann folgten, drangen von ganz allein aus ihrem Mund:

*„Dann bringen Sie mich zum Pflegeheim Aurora in die Bergheimer Straße."*

*„Darf ich fragen, wen Sie dort besuchen wollen?"*, fragte Jaques.

*„Meine Mutter"*, antwortete Franziska leise.

Jaques fiel der Tonfall in Franziskas Antwort auf, und er verzichtete darauf, weiter nachzufragen.

*„Meine Mutter ist schon seit ein paar Jahren dort"*, fuhr Franziska nach einer längeren Pause fort, *„sie ist dement."*

Als sie das sagte, rannen ihr Tränen über das Gesicht.

*„Das tut mir sehr leid"*, sagte Jaques und reichte Franziska ein Taschentuch, welches er der Innentasche seines Sakkos entnommen hatte.

Jaques war noch ein Kavalier alter Schule. Oldschool eben, wie man das heutzutage nennt. Sakko, Hemd, Krawatte, Einstecktuch, und immer ein sauberes Stofftaschentuch in der Innentasche des Sakkos.

*„Entschuldigen Sie bitte, Herr Konsul"*, sagte Franziska, während sie ihre Tränen abwischte.

*„Da gibt es nichts zu entschuldigen"*, antwortete Jaques, *„und bitte lassen Sie den Konsul weg; ich heiße Jaques."*

„*Das geht doch nicht*", antwortete Franziska, „*Sie sind ein Gast des Hotels und ich bin nur eine Angestellte.*"

„*Aber jetzt bin ich kein Gast, sondern einfach nur ein Mann in den besten Jahren*", sagte Jaques, „*und Sie sind keine Hausdame, sondern eine junge, traurige und sehr hübsche Frau, die zu chauffieren ich das große Vergnügen habe.*"

Franziska lächelte. Wieder umfing sie das warme Gefühl der Geborgenheit, und wieder kamen die Worte wie von selbst:

„*Dann nennen Sie mich bitte Franziska!*"

„*Mit dem größten Vergnügen, liebe Franziska.*"


*****


Jaques vorm Walde, 64 Jahre alt, Sohn des Hermann vorm Walde und der Amélie vorm Walde, geborene Dubois, war das Kind einer Ehe, die ihren Ursprung kurz vor Ende des Zweiten Weltkriegs genommen hatte.

Major Hermann vorm Walde diente damals unter dem Stadtkommandanten von Groß-Paris, General Dietrich von Choltitz.

Der Major hatte schon vor einigen Monaten die hübsche Pariserin Amélie kennengelernt und sich Hals über Kopf in sie verliebt.

Das war damals nicht ungefährlich, denn das Fraternisieren mit dem Feind war strengstens verboten. Es hielt sich nur nicht jeder daran. Man durfte sich halt nicht erwischen lassen.

Es war in einem Café auf dem Montmartre. Major Hermann vorm Walde liebte dieses Café. Er kam stets in Zivil, um nicht aufzufallen.

Sein akzentfreies Französisch ließ ihn nicht sofort als Deutschen erkennen. So mischte er sich – selbst ein Künstler – unter die anderen Künstler und lauschte ihren aufgeregten Diskussionen.

Major vorm Walde hatte, bevor er Soldat wurde, Kunst studiert und mit der Malerei begonnen. Irgendwann holte ihn aber die Familientradition ein.

Er stammte aus einer Offiziersfamilie, deren Ursprung bis in die Napoleonische Zeit zurückführte. Sein Vater war General, ebenso sein Großvater.

Nachdem er mit seiner Leidenschaft nicht den erhofften Durchbruch schaffte, gab er schließlich dem Drängen seines Vaters und auch seines Großvaters nach und wurde Berufsoffizier.

Seinen großen Wunsch sich als Maler zu etablieren gab er jedoch nicht auf; er vergrub ihn in seinem Herzen.

Es war einer der Abende, an denen er für ein paar Stunden vom Soldaten wieder zum Künstler wurde. Er saß mit ein paar jungen Leuten zusammen und beteiligte sich an deren lebhaften Diskussionen.

Als er einmal von einem der Diskutanten darauf angesprochen wurde, woher er eigentlich komme, stutzte er für einen kleinen Moment. Doch dann sagte er im Brustton der Überzeugung, dass er Schweizer sei.

Und als Untermauerung seiner Antwort sagte er ein paar Worte in einem angedeuteten Schwyzerdütsch, und er lachte dazu, als ob es sich um eine lustige Redewendung handeln würde.

Es dauerte einen kleinen Moment; aber dann lachten alle mit. Die Initialzündung wurde von einer Frau ausgelöst, die mit am Tisch gesessen war.

Diese Frau war Amélie, die sofort erkannte, dass Hermann ebenso wenig Schweizer war, wie sie eine Künstlerin.

Amélie war Mitglied bei der Resistance, immer auf der Suche nach einem Opfer. Sie wusste, dass es immer wieder Deutsche gab, die sich auf Montmartre herumtrieben.

Es waren vornehmlich Offiziere, welche die Nähe zu den Künstlern suchten. Gewöhnliche Soldaten hatten keinen Zutritt. Vermutlich wollten sie sich mit dem Flair der Künstler parfümieren.

Vielleicht war es aber auch nur der Hauch der Verderbtheit, welcher dem Montmartre anhing.

Hermann hatte Amélies Interesse erweckt. Sie setzte geschickt die Waffen einer Frau ein, über welche sie in reichem Maße verfügte.

Schwarze Haare, dunkle Augen und eine Figur, die keine Wünsche offenließ.

*„Ich mag die Schweiz."*

Mit diesen Worten begann Amélie ein Gespräch, um ganz sicher zu sein, dass ihre Vermutung auch zutraf.

*„Ich war als Kind mit meinen Eltern am Lac Léman, das war eine schöne Zeit."*

Major vorm Walde schluckte. Damit hatte er nicht gerechnet.

*„Da war das Hotel <Wilhelm Tell>, vis-à-vis vom Bahnhof. In dem haben wir immer logiert. Das kennen Sie doch bestimmt."*

*„Ja, sicher"*, antwortete Major vorm Walde, *„das ist ja sehr berühmt."*

*„Genau"*, antwortete Amélie, *„ein Haus mit Klasse. Ich muss nach dem Krieg unbedingt wieder einmal hin. Aber zuerst müssen wir einmal die< Boches> besiegen."*

Major vorm Walde zuckte zusammen, als er den Schimpfnamen für seine deutschen Kameraden hörte.

Amélie lachte lauthals dabei und die versammelte Runde fiel mit ein. Einer der Anwesenden hob sein Glas und brüllte:

*„Tod allen Boches, Tod den deutschen Teufeln!"*

Amélie hielt ihr Glas dem Major entgegen, stieß mit ihm an und sagte:

*„Darauf, dass alle Boches verrecken und der Krieg bald vorüber ist!"*

Es schnürte Hermann vorm Walde die Kehle zu, als er sein Glas zum Mund führte, um auf den Tod seiner Kameraden zu trinken.

Er hatte für einen kurzen Moment erwogen aufzustehen und sich zu deklarieren; aber zwei Dinge hielten ihn davon ab.

Erstens die prekäre Lage; denn er wäre wohl nicht mehr lebendig in sein Quartier zurückgekommen.

Und zweitens die Augen von Amélie, die wie eine Gefängnistür waren, durch die er gegangen war, ohne es zu bemerken. Er war dieser Frau von Anbeginn verfallen.

*****

*„Wir sind gleich da"*, sagte Franziska zu dem Konsul. Es hatte inzwischen zu regnen aufgehört. Der Himmel tat sich auf und die Sonne zwängte sich mit ihren ersten Strahlen hindurch.

*„Die nächste links, und dann sieht man schon das Pflegeheim."*

Die Einrichtung namens <Aurora> lag auf einer kleinen Anhöhe, inmitten eines Parks.

*„Wie kann man eine solche Einrichtung nur <Aurora> nennen?"*, murmelte Jaques leise vor sich hin.

*„Was meinen Sie damit?"*, fragte Franziska, welche die Bemerkung von Jaques gehört hatte.

*„In der Mythologie bezeichnet man mit <Aurora> die Göttin der Morgenröte, und die Morgenröte ist wiederum das Synonym für die rötliche Färbung des Osthimmels vor dem Sonnenaufgang."*

Und nach einer kurzen Pause fügte Jaques hinzu:

*„Eine solche Einrichtung steht aber mehr für Sonnenuntergang, als für Sonnenaufgang; meinen Sie nicht auch?"*

Franziska nickte und bekam feuchte Augen.

*„Verzeihen Sie, liebe Franziska"*, sagte Jaques, *„das war wohl gerade nicht sehr sensibel von mir; es tut mir leid."*

Franziska schüttelte ihren Kopf und antwortete:

*„Sie müssen sich nicht entschuldigen; Sie haben ja recht. Wenn man in die Gesichter dieser Menschen schaut, dann ist da kein Leben mehr zu erkennen. Es scheint, als wären sie nur noch leere Hüllen…"*

*„Erkennt Sie Ihre Mutter, wenn Sie sie besuchen?"*, fragte Jaques.

*„Manchmal schon und dann wieder gar nicht. Es wird in letzter Zeit immer weniger"*, antwortete Franziska. Dann sah sie Jaques an und fragte:

*„Würden Sie mich zu meiner Mutter begleiten?"*

Jaques war überrascht ob dieser Frage, und er überlegte krampfhaft, was er darauf antworten sollte.

Franziska half ihm bei der Entscheidungsfindung, indem sie ihre Frage mit den Worten ergänzte:

*„Es würde mir sehr helfen."*

*„Aber ja, ich komme natürlich gern mit, wenn Sie das wünschen"*, antwortete Jaques.

Kurz darauf betraten sie das Zimmer von Martha Heller, Franziskas Mutter.

Ein Raum von ca. 20 Quadratmeter mit einem kleinen anschließenden Badezimmer, einem Bett, einem kleinen Tisch und zwei Stühlen, einem Sessel und zwei Fenstern zum Park.

Zwischen den Fenstern stand eine kleine Kommode, auf welcher mehrere gerahmte Bilder platziert waren.

Martha Heller saß in ihrem Sessel und schaute in den Park. Es war, als hätte sie die Eintretenden gar nicht bemerkt.

*„Hallo Mutter!"*

Franziska war zu ihrer Mutter hingetreten und hatte ihr einen Kuss auf die Stirn gegeben.

*„Ich habe dir Besuch mitgebracht"*, sagte Franziska, *„das ist der Herr Konsul, ein lieber Gast unseres Hotels."*

Martha Heller zeigte keinerlei Regung. Sie hatte weder auf die Liebkosung ihrer Tochter reagiert, noch auf das von ihr Gesagte.

Während Franziska ein paar Dinge auspackte, die sie für die Mutter mitgebracht hatte, ein wenig Obst und ein paar Zeitschriften, sagte sie zu Jaques:

*„Meine Mutter empfängt heute nicht. Sie hat sich in ihre Welt zurückgezogen, zu der ich keinen Zugang habe."*

Die Wehmut, die schon leicht an Ironie grenzte, war nicht zu überhören. Jaques hätte Franziska in diesem Augenblick am liebsten in den Arm genommen. Aber stattdessen zeigte er auf die Fotografien, welche auf der Kommode standen.

„*Wer ist das?*", fragte er und Franziska nahm jedes der Bilder in die Hand und gab die dazugehörenden Erklärungen ab.

„*Das sind Bilder aus einer anderen Zeit, einer besseren Zeit. Alles liebe Menschen; aber inzwischen Fremde für meine Mutter.*"

Ein Bild hielt sie besonders lange in ihren Händen. Und wieder stiegen Tränen in ihre Augen. Sie musste kämpfen, bevor sie sagen konnte, wer die Personen sind.

„*Das sind mein Vater, meine Mutter, meine beiden Brüder Wolfgang und Martin und ich.*"

„*Die Brüder sehen sich sehr ähnlich*", sagte Jaques.

„*Ja, es waren Zwillinge*", antwortete Franziska.

„*Wieso waren?*", fragte Jaques.

„*Sie sind tot*", antwortete Franziska, und bevor Jaques weiterfragen konnte, ging sie zum Bett der Mutter und schüttelte das Kopfpolster auf.

Danach ging sie zu ihrer Mutter, gab ihr erneut einen Kuss auf die Stirn und beim Hinausgehen sagte sie:

„*Bis nächste Woche, Mutter!*"

Jaques folgte ihr mit einem unruhigen Gefühl.

*„Können Sie mich bitte zur U-Bahn-Station bringen?"*, sagte Franziska, als sie das Gebäude verlassen hatten.

*„Das wird nicht nötig sein"*, antwortete Jaques, *„Kutsche und Kutscher stehen nach wie vor zu Ihrer Verfügung, mein Fräulein."*

Während er das sagte, setzte Jaques das bezauberndste Lächeln auf, das er gerade zur Verfügung hatte.

*„Es tut so weh; es bringt mich schier um…"*

Mit diesem Aufschrei der Seele schlang Franziska ihre Arme um Jaques und ließ ihrem Schmerz freien Lauf.

\*\*\*\*\*

Seit jenem Vorfall im Café auf dem Montmartre, der dem Major Hermann vorm Walde arg zugesetzt hatte, waren einige Wochen vergangen.

Hin- und hergerissen, ob er je wieder dorthin gehen sollte, siegte schlussendlich der Wunsch Amélie wiederzusehen.

„*Hallo Suisse! Wo warst du so lange?*", fragte Pierre, einer aus der Runde.

„*Ich war krank*", antwortete Hermann vorm Walde, der gegenüber dem Fragenden eine starke Aversion verspürte.

Er war es, der ihm den Namen <Suisse> gegeben hatte, nachdem Hermann auf die Frage nach seinem Namen in höchster Bedrängnis geantwortet hatte:

„*Ich heiße Wilhelm Rütli.*"

Bei der dringlichen Namensfindung waren dem Major Wilhelm Tell und der Rütlischwur als typische schweizerische Attribute in den Sinn gekommen.

„*Wilhelm, das klingt mir zu Deutsch*", hatte Pierre damals gesagt, „*ich nenne dich <Suisse>, mein schweizerischer Freund.*"

Und so wurde aus dem deutschen Hermann und dem assimilierten schweizerischen Wilhelm ein französischer Suisse.

„*Wo ist Amélie?*", fragte Hermann in die Runde.

„*Die hat noch etwas zu tun*", antwortete Pierre mit einem feisten Grinsen im Gesicht. „*Aber vielleicht kommt sie ja noch. Hast du vielleicht Sehnsucht nach ihr, Suisse?*"

Hermann hasste diesen arroganten Menschen, der sich ständig in den Vordergrund drängte.

„*Vielleicht*", antwortete Hermann etwas gereizt, „*und selbst wenn, würde es dich stören?*"

„*Aber nein, mein Freund*", antwortete Pierre lachend, „*das zeugt nur von deinem guten Geschmack, was Frauen betrifft*".

In sein Lachen fielen auch die restlichen Anwesenden mit ein, und damit war die Situation entschärft.

Es war schon kurz vor Mitternacht, und Hermann hatte schon erwogen zu gehen, als die Tür aufging und Amélie das Café betrat.

Sie hatte einen fliehenden Blick in ihren Augen, und sie wirkte leicht verstört. Als sie Hermann erblickte, erschrak sie im ersten Moment, fing sich aber schnell wieder.

Amélie ging zum Tisch ihrer Freunde, ergriff den ersten Cognac, der ihr in die Finger kam, und kippte ihn in einem Zug hinunter.

„*Was ist passiert?*", fragte Manon, das einzige weibliche Wesen in der Gruppe.

Der Zustand Amélies berechtigte diese Frage durchaus. Ihre Haare waren zerzaust und ihre Kleidung war leicht derangiert.

„*Ein verrückter Autofahrer hätte mich beinahe überfahren. Ich konnte gerade noch zur Seite springen und bin dabei gestürzt*", antwortete Amélie.

„*Das ist ja schrecklich*", sagte Manon, „*hast du die Polizei gerufen?*"

„*Nein*", antwortete Amélie, „*das hätte keinen Sinn gehabt.*"

„*Aber wieso nicht?*", fragte Manon weiter.

„*Weil es ein deutsches Militärfahrzeug war*", antwortete Amélie und sah Hermann dabei an.

Hermann wusste in diesem Augenblick nicht, was das zu bedeuten hatte, und wie er sich verhalten sollte.

Pierre erlöste ihn mit den Worten:

„*Merde; diese verdammten Boches.*"

„*Hallo Suisse! Sieht man dich auch einmal wieder?*"

Herrmann war nicht gerade glücklich darüber, dass Amélie ihn auch <Suisse> nannte wie die anderen.

„*Hallo Amélie; schön dich zu sehen!*", antwortete Hermann, und er fühlte, wie sich sein Herzschlag beschleunigte.

Es ließ sich nicht leugnen, er hatte sich in diese Frau verliebt. Er war sich jedoch nicht sicher, ob seine Liebe von Amélie erwidert würde.

Aber noch in dieser Nacht erhielt er Gewissheit.

*„Bring mich nach Hause, Suisse!"*

Es waren diese magischen Worte, welche die letzten Zweifel des Liebenden ausräumten.

Amélie hatte dem Alkohol reichlich zugesprochen und ihr Stehvermögen war schon leicht beeinträchtigt, als sie Hermann aufforderte sie zu begleiten.

*„Rue Racine zwanzig"*, sagte sie dem Taxifahrer, als sie eingestiegen waren, und dann legte sie ihren Kopf an die Schulter ihres Begleiters und schlief ein.

*„Wir sind da"*, sagte Hermann und rüttelte Amélie dabei sanft an ihrer Schulter.

Amélie holte aus ihrer Manteltasche einen Schlüssel und gab ihn Hermann mit den Worten:

*„Erster Stock, Tür drei, und du musst mich tragen."*

Hermann lächelte. Er nahm Amélie in die Arme und trug sie die Treppe hinauf. Sie war leicht wie eine Feder; aber selbst dann, wenn sie ein paar Kilo schwerer gewesen wäre, hätte er sie getragen.

Der deutsche Major trug eine französische Widerstandskämpferin auf seinen Armen, und er fühlte sich wie im siebenten Himmel. Ein Ort, wo es keine Nationalitäten und keine Kriege gibt und wo der Mensch einfach nur Mensch sein kann.

*****

Die Fahrt zurück verlief schweigend. Jaques schaute ab und zu aus seinen Augenwinkeln zu Franziska hin, die regungslos neben ihm saß.

*„Wie wäre es mit einem Kaffee?"*, unterbrach Jaques das Schweigen. *„Sie könnten mich einladen, quasi als Entlohnung für den Kutscher."*

Franziska musste Lächeln. Dieser Mann, der ihr im Grunde genommen völlig fremd war, verstand es immer wieder ihre verängstigte Seele aus ihrem Versteck zu locken.

*„Kennen Sie das Café Reimprecht am Stürmersee, etwas außerhalb der Stadt?"*, fragte Franziska.

*„Nein, bisher nicht"*, antwortete Jaques, *„aber mit Ihrer Hilfe wird sich das bald ändern, nehme ich an. Sie müssen mir nur den Weg zeigen."*

Die Sonne hatte inzwischen die letzten Wolken verjagt und den Tag mit einer wohligen Wärme umhüllt.

Franziska und Jaques hatten auf der Terrasse des Cafés Platz genommen und Kaffee und Kuchen bestellt.

*„Erzählen Sie mir ein bisschen von sich, liebe Franziska"*, begann Jaques ein Gespräch. *„Hatten Sie als Kind einen Kosenamen?"*

„*Wie kommen Sie darauf?*", fragte Franziska ganz erstaunt. Es wurde ihr fast schon ein wenig unheimlich, wie dieser Mann in ihr Leben eindrang.

„*Ich weiß nicht*", antwortete Jaques mit demselben Lächeln, welches bei Franziska immer wieder jeden Argwohn zerstreute.

„*Mein Vater nannte mich Franzi*", antwortete Franziska, „*das mochte ich sehr...*"

„*Und Ihre Mutter?*", fragte Jaques.

„*Die mochte das überhaupt nicht*", antwortete Franziska.

„*Warum nicht?*", fragte Jaques überrascht.

„*Weil sie mich hasste. Sie hasst mich schon fast mein ganzes Leben lang.*"

Jaques hielt inne. Ihm wurde bewusst, dass er einen wunden Punkt berührt hatte. Er war sich nicht sicher, ob er weiter fragen sollte, und er beschloss daher zu schweigen.

„*Sie macht mich für den Tod der Zwillinge verantwortlich*", sagte Franziska in die Stille hinein.

Dieser Satz war wie ein Messer, welches die Stille mit scharfer Klinge durchtrennte.

Als Franziska das sagte, schaute sie Jaques mit einem stechenden Blick an, dem er nur schwer standzuhalten vermochte.

*„Ich war zehn Jahre alt und meine beiden Brüder waren fünf. Wir wohnten damals in einem Haus in einem Dorf, direkt neben der Landstraße.*

*Meine Mutter war in der Küche und kochte das Mittagessen. Und ich spielte mit den Zwillingen im Hof Fangen.*

*Wolfgang rannte auf die Straße, gefolgt von Martin. Ein junger Mann aus dem Nachbarort hatte ein neues Auto bekommen und machte eine Spritztour damit.*

*Als er um die Kurve vor dem Haus mit viel zu hoher Geschwindigkeit schoss, kam er ins Schleudern und erwischte meine beiden Brüder. Sie waren sofort tot.*

*Meine Mutter, die den Aufprall gehört hatte, kam aus der Küche gestürzt und schrie wie wild. Es waren immer wieder dieselben Worte:*

*<Warum hast du nicht aufgepasst? Du bist schuld am Tod meiner Lieblinge!>*

*Ich war nie ihr Liebling. Aber von diesem Tag an hasste mich meine Mutter…"*

Jaques zog es das Herz zusammen. Wie sehr musste diese Frau wohl leiden.

„*Aber du warst doch selbst noch ein Kind*", sagte Jaques, und er hatte gar nicht bemerkt, dass er Franziska geduzt hatte.

„*Hat dich dein Vater denn nicht in Schutz genommen?*", fragte er.

„*Das hätte nichts genützt*", antwortete Franziska, „*meine Eltern hatten sich entzweit, weil Vater ein Verhältnis mit einer anderen Frau hatte.*"

„*Das spricht aber nicht sehr für deinen Vater*", bemerkte Jaques.

„*Ganz so ist es nicht*", sagte Franziska, „*du musst wissen, dass die Heirat meiner Eltern eine arrangierte Angelegenheit war.*"

„*Wie das denn?*", fragte Jaques erstaunt.

„*Mein Vater stammte aus einem reichen Bauernhof, und meine Mutter kam aus eher ärmlichen Verhältnissen.*

*Sie hat sich meinen Vater geangelt und sich von ihm schwängern lassen. Somit war eine Hochzeit unvermeidlich. Und als ich geboren wurde, und leider nur ein Mädchen war, wurde der Ruf nach einem Stammhalter laut.*

*Der wurde dann auch vier Jahre später geboren, und sogar in zweifacher Ausfertigung. Der Haken dabei war jedoch die Ähnlichkeit der Buben mit einem anderen Dorfbewohner.*

*Mein Vater gab sich dennoch als Erzeuger aus, der er aber nicht war. So lebten sich meine Eltern auseinander, und mein Vater nahm sich eine Geliebte."*

„*Das klingt ja wie ein schlechter Roman*", sagte Jaques, „*das Schicksal winkt aus allen Winkeln."*

„*Und doch war es so*", sagte Franziska und fügte hinzu:

„*Ich möchte mich für das DU entschuldigen; es ist mir einfach so passiert. Ich hoffe, Sie sind mir nicht böse, Herr Konsul."*

„*Stopp, stopp, liebe Franziska*", sagte Jaques, „*erstens habe ich damit angefangen und zweitens möchte ich dich von Herzen bitte, dass wir dabeibleiben. Ich würde mich sehr drüber freuen."*

Franziska zögerte einen kurzen Moment lang, dann nickte sie.

„*Ich habe mein Leben vor dir ausgebreitet, und du hast so tief in meine Seele geblickt, wie noch kein Mensch zuvor. Es hat mir wohlgetan und ich fühle mich so frei wie schon lange nicht mehr."*

Mit diesen Worten beugte sie sich vor und gab Jaques einen Kuss auf die Wange.

Jaques war sich in diesem Augenblick bewusst, dass ein zartes Pflänzlein in sein Leben getreten war, welches einer besonderen Pflege bedurfte.

Zuwenig Zuwendung würde es verdorren lassen und zu viel würde es ersticken. Es bedurfte eines behutsamen Vorgehens, um das Pflänzlein <Franzi> so zu hegen und zu pflegen, dass es wohl gedeihen und irgendwann voll erblühen würde.

*****

Hermann brachte Amélie in ihr Schlafzimmer und legte sie sanft auf das Bett. Er wollte sich gerade umdrehen, um zu gehen, als Amélie sagte:

*„Zieh mich aus, chérie; ich schaffe das nicht allein."*

Während sie das sagte, hatte sie ihre Augen geschlossen und hielt ihre Hände dem Major entgegen wie ein kleines Kind, das seine Arme der Mutter entgegenstreckt.

Hermann zog Amélie Schuhe und Rock aus. Als er ihre Bluse öffnete, sah er ihre nackten Brüste. Amélie trug keinen BH. Hermann fühlte eine aufsteigende Erregung. Er erschrak und zog die Decke schnell über ihren Körper.

Amélie ließ alles willig geschehen. Sie war kurz davor einzuschlafen.

*„Leg dich zu mir, chérie; ich möchte heute Nacht nicht allein sein."*

Wenig später war Amélie eingeschlafen. Hermann betrachtete sie noch eine Weile. Dann nahm er einen Zettel und schieb eine Nachricht darauf.

*„Wunderbare Amélie,*
*es tut mir leid; aber ich kann heute Nacht nicht bei dir bleiben. Ich möchte dich aber für morgen Abend zum Essen einladen. Ich werde dich um 19:00 Uhr abholen. Ich küsse dich mit all meiner Liebe…"*

Hermann legte den Zettel auf den Nachtisch neben dem Bett, gab Amélie einen Kuss auf die Wange und schlich leise hinaus.

Zurück blieb eine Frau, die gerade ihre Augen geöffnet hatte, um nach dem Zettel zu greifen. Sie las die Nachricht und lächelte. Es war das Lächeln der Sphinx.

Hermann fuhr mit dem Taxi in seine Wohnung in der Rue d'Artagnan. Sie lag in der Nähe der Kommandantur und bestand aus einem großen Zimmer mit Bett und einem kleinen Bad.

Auf einem kleinen Tischchen stand ein Grammophon, und daneben lag ein Stapel Schellackplatten. Es waren – mit wenigen Ausnahmen – Platten mit klassischer Musik.

Er legte die Platte „Arien und Lieder" von Joseph Schmidt auf, und gleich der erste Titel spiegelte seine Gemütsverfassung wieder. Es war die Arie „Dies Bildnis ist bezaubernd schön" aus dem 1. Akt der Zauberflöte.

Vor seinen Augen erschien noch einmal der Anblick von Amélie, wie sie ausgezogen auf ihrem Bett lag. Hermann seufzte vor Liebesschmerz.

Wie gern hätte er - noch vor wenigen Augenblicken - Amélie in den Arm genommen, um sie zu lieben. Aber das wäre wider seine Natur gewesen.

Wenn sich diese Frau ihm hingeben sollte, dann nicht unter dem Einfluss von zu viel Alkohol, sondern aus Liebe und im Rausch der Leidenschaft.

Hermann hatte das Grammophon abgestellt und war zu Bett gegangen. Seine letzten Gedanken führten ihn noch einmal zu seiner Angebeteten.

An diesem Tag waren zwei Dinge geschehen, welche eines deutschen Offiziers unwürdig waren:

Das Abspielen und Anhören der Musik eines Juden, denn ein solcher war Joseph Schmidt, und das sich Einlassen mit dem Feind.

Hermann vorm Walde, Major der Deutschen Wehrmacht, Offizier wider Willen und ganz bestimmt nicht aus Überzeugung, hatte schon seit geraumer Zeit heftige Zweifel an seinem Tun.

Allein seine Abstammung, gleichwohl seine Erziehung, hinderten ihn daran sich gegen seinen Dienstherrn zu stellen, obwohl er um den Widerstand aus den eigenen Reihen wusste und auch damit liebäugelte.

Seine große Hoffnung lag darin, dass der Krieg bald zu Ende gehen möge, dass er ihn unbeschadet überstehen würde, und dass er und Amélie ganz offiziell ein Paar sein könnte.

Mit diesen Gedanken schlief Hermann vorm Walde ein, nicht ahnend, dass sich dunkle Wolken gebildet hatten, welche den Himmel der Liebe mit tiefer Dunkelheit umhüllten.

*****

*„Guten Morgen, Herr Konsul, ich habe eine Nachricht für Sie.“*

Mit diesen Worten und einem verbindlichen Lächeln reichte der Concierge Jaques einen Brief und fügte hinzu:

*„Ich wünsche dem Herrn Konsul noch einen schönen Tag!“*

Jaques bedankte sich und öffnete den Brief. Er war von Franziska.

*„Lieber Herr Konsul,*
*ich möchte mich noch einmal ganz herzlich für den gestrigen Tag bedanken. Er hat mir sehr gefallen und das Gespräch mit Ihnen hat mir sehr viel gegeben.*

*Bitte, missverstehen Sie mich nicht und halten Sie mich nicht für undankbar; aber wir leben in zu verschiedenen Welten.*
*Ich wünsche Ihnen alles erdenklich Gute, und ich werde Sie stets in dankbarer Erinnerung behalten.*
*Herzlichst Franziska Heller."*

Jaques las den Brief wieder und wieder. Aber so oft er das auch tat, verstehen konnte er ihn nicht. Was war geschehen, das diese plötzliche Sinnesänderung hervorgerufen hatte?

*„Ich brauche dringend Feder und Papier",* sagte Jaques aufgeregt zu dem Concierge.

*„Darf ich Sie in das Schreibzimmer verweisen",* antwortete der Concierge und winkte einen der Pagen herbei. *„Stefan wird Sie dorthin begleiten."*

Jaques ließ sich von dem Pagen hinführen und hieß ihn zu warten. Dann setzte er sich an einen der Schreibtische und begann mit dem Verfassen einer Antwort.

*„Liebste Franziska,*
*ich bin in hohem Maße über Deine Zeilen erstaunt. Was immer Dich dazu bewogen haben mag, mir unsere Freundschaft vor die Füße zu werfen, es war falsch. Unsere wunderbare Begegnung am gestrigen Tag hat in uns beiden etwas bewirkt, das man nicht einfach wieder rückgängig machen kann. Das Schicksal war, ist und wird immer stärker sein als der Mensch, und er tut gut daran sich nicht gegen es zu stämmen. Ich möchte Dich inständig bitten mit mir zu*

*reden. Ich erwarte Dich noch heute Abend vis-á-vis vom Hotel im Restaurant <Adle>r. Ich werde einen Tisch bestellen und dort ab 20:00 Uhr auf Dich warten.*

*Bitte, enttäusche mich nicht und nimm meine Einladung an. Ein NEIN akzeptiere ich nicht.*

*Herzlichst Dein Jaques"*

Jaques steckte den Brief in ein Kuvert, verschloss es und gab ihn dem wartenden Pagen mit einem Trinkgeld und den Worten:

*„Den bringst du jetzt sofort zu Frau Heller, der Hausdame, und übergibst ihn ihr persönlich. Hast du das verstanden?"*

Der Page Stefan nahm das Kuvert entgegen, und mit einem zackigen „Jawohl, Herr Konsul!" und einer Verbeugung entfernte er sich raschen Schrittes.

Jaques ging zurück zum Concierge und bat denselben eine Reservierung für zwei Personen im Restaurant <Adler> für den Abend vorzunehmen.

Dann verließ er das Hotel und nützte die Zeit bis zum Abend für diverse Erledigungen und Besorgungen. Eine davon führte ihn zum besten Juwelier in der Stadt.

*****

Als der Major pünktlich um 19:00 Uhr bei der Wohnung von Amélie anläutete, war er sich nicht sicher, ob ihn die Angebetete überhaupt empfangen würde.

Vielleicht war das Erlebnis der vergangenen Nacht nur dem übermäßigen Alkoholgenuss geschuldet, und seine Amélie wäre im nüchternen Zustand nicht mehr dieselbe.

Umso überraschter war Hermann, als sich die Tür öffnete und Amélie ihm in einem leuchtend roten Kleid empfing.

*„Guten Abend, mein Held; ich freue mich sehr dich zu sehen."*

Und bevor sich Hermann von Worten und Erscheinung erholen konnte, bekam er einen Kuss auf den Mund.

*„Was ist, chérie; freust du dich denn gar nicht?"*

*„Doch, doch"*, stammelte Hermann, der sein Glück noch nicht so recht fassen konnte. Was da gerade geschah, war weit mehr als er erwartet hatte.

*„Komm herein"*, sagte Amélie, *„ich habe uns einen kleinen Aperitif gemacht. Den trinken wir und dabei erzählst du mir, wo wir heute Abend hingehen werden."*

Hermann folgte der Aufforderung Amélies und betrat die Wohnung.

„*Mach es dir bequem, chérie*", sagte Amélie und blitzte Hermann mit ihren dunklen Augen an. „*Ich hole nur schnell den Aperitif*".

Hermann setzte sich. Er versuchte Ordnung in seine Gedanken zu bringen. Träumte er oder war das alles Wirklichkeit, was da gerade mit ihm geschah.

„*Sie liebt mich auch*", sagte Hermann zu sich, „*ich bin der glücklichste Mann auf Erden.*"

„*Santé, chérie!*", sagte Amélie und stieß mit Hermann an. „*Und jetzt erzählst du mir, was wir heute Abend machen werden.*"

Hermann nahm einen kräftigen Schluck aus seinem Glas und antwortete:

„*Ich habe mir gedacht, wir gehen irgendwo hin fein essen.*"

„*Und wohin gehen wir?*", fragte Amélie lächelnd.

„*Nun, ich weiß nicht so recht*", antwortete Hermann leicht verlegen, „*ich hatte gehofft, du hättest vielleicht eine gute Idee.*"

„*Habe ich, chérie*", antwortete Amélie, „*aber da müssen wir ein Stück aus der Stadt hinausfahren.*"

„*Ich habe aber kein Auto*", sagte Hermann.

„*Das macht nichts*", antwortete Amélie, „*ich habe ein Auto.*"

„*Du hast ein eigenes Auto?*", fragte Hermann erstaunt.

„*Nicht wirklich, es gehört einem Freund*", antwortete Amélie, „*es gehört Pierre, den du ja kennst.*"

„*Ausgerechnet Pierre*", dachte Hermann bei sich, und seine Mine verfinsterte sich ein wenig dabei.

„*Du magst Pierre nicht, chérie*", sagte Amélie, „*habe ich recht? Aber warum nicht?*"

„*Er ist mir zu laut, zu aufdringlich*", antwortete Hermann, „*ich hoffe, es stört dich nicht, dass ich so über ihn denke.*"

„*Tut es nicht*", antwortete Amélie, „*aber du solltest das nicht so ernst nehmen; Pierre ist ein Künstler und ein wenig verrückt.*"

„*Du hast sicher recht, Amélie*", sagte Hermann und trank sein Glas aus. „*Dann lass uns gehen.*"

Als sie im Auto saßen und sich aus der Stadt hinausbewegten, fragte Hermann nach dem Ziel der Fahrt.

„*Château Trois Bougies*", antwortete Amélie.

„*Schloss Drei Kerzen*", sagte Hermann, „*das klingt sehr romantisch.*"

„*Magst du das nicht?*", fragte Amélie.

„*Sehr sogar; ich freue mich schon darauf*", antwortete Hermann.

„*Dann ist es ja gut, chérie*", sagte Amélie.

Als sie das Restaurant betraten und der Chef de Rang sie direkt an einen Tisch führte, war Hermann überrascht. Amélie erlöste ihn aus seiner Verwirrung, indem sie sagte:

„*Ohne Reservierung bekommt man hier keinen Tisch.*"

„*Aber wieso konntest du wissen, dass wir hierherfahren würden?*", fragte Hermann erstaunt.

„*Weil ich hellsehen kann, chérie. Ich bin eine Hexe; wusstest du das nicht?*"

Dem Lachen von Amélie konnte Hermann nicht widerstehen. Sie musste wohl eine Hexe sein, wie sonst hätte sie ihn so sehr verzaubern können.

Nach dem Essen, das vorzüglich geschmeckt hatte, überraschte Amélie Hermann ohne Vorwarnung mit der Frage:

„*Was machst du eigentlich in Paris, und was bist du von Beruf?*"

Hermanns Kehle schnüre sich zusammen. Mit dieser Frage war wohl irgendwann zu rechnen; aber wieso gerade jetzt? In dieser romantischen Atmosphäre?

Er schaute sich hilflos um und suchte verzweifelt nach einer Antwort. In diesem Augenblick trat der Kellner an den Tisch, um Champagner nachzugießen.

*„Meine Eltern haben in der Schweiz ein Hotel. Es ist ein Familienbetrieb mit langer Tradition. Ich soll das Hotel demnächst übernehmen. Zu diesem Zweck mache ich Studien in ganz Europa, um mir noch einige Kenntnisse im Hotelgewerbe zu verschaffen."*

*„Das ist ja interessant"*, antwortete Amélie, *„dann kannst du mir gleich einmal deine Bewertung für dieses Hotel geben."*

Hermann war sichtlich erleichtert, dass Amélie ihm die Geschichte abgenommen hatte.

*„Das ist ein vortrefflich geführtes Unternehmen"*, antwortete Hermann in fachkundiger Manier, *„es lässt keine Wünsche offen."*

*„Dann warte, bis du erst einmal unser Zimmer gesehen hast"*, sagte Amélie.

*„Was meinst du damit?"*, fragte Hermann überrascht.

*„Wir werden die Nacht hier verbringen, oder glaubst du, ich fahre alkoholisiert durch die Nacht?"*

Hermann erschrak. Er musste ja am nächsten Morgen zum Dienst. Er versuchte der misslichen Situation zu entfliehen und sagte:

*„Aber ich könnte doch fahren."*

*„Du hast gerade so viel getrunken wie ich auch"*, antwortete Amélie. *„Und außerdem könnte man meinen, du freust dich gar nicht darauf die Nacht mit mir zu verbringen."*

Jetzt befand sich Hermann in einer argen Zwickmühle. Nicht zum Dienst zu erscheinen, das ging nicht. Und Amélie brüskieren ging schon zweimal nicht.

*„Entschuldige mich bitte"*, sagte Hermann und stand auf. *„Ich bin gleich wieder da."*

Wenig später kam er zum Tisch zurück und strahlte über das ganze Gesicht.

*„Wo warst du denn?"*, fragte Amélie.

*„Das kann ich dir nicht sagen"*, antwortete Hermann. *„Das ist eine Überraschung für später."*

Hermann hatte beim Hereinkommen im Foyer des Hotels eine Boutique entdeckt. Dorthin war er in aller Eile gegangen, um ein kleines Schmuckstück zu erwerben.

Das war jedoch nur eine Alibihandlung. Der wahre Grund für sein Hinausgehen war das Aufsuchen eines Telefons, um in der Kommandantur anzurufen und sich wegen heftigen Brechdurchfalls krankzumelden.

Nun stand einer romantischen Liebesnacht nichts mehr im Wege.

*„Hast du nicht gesagt, du hättest eine Überraschung für mich, chérie?"*, fragte Amélie, als sie das Zimmer betraten.

*„Später, mein Engel"*, antwortete Hermann, *„hab noch ein wenig Geduld."*

*„Ich verstehe"*, antwortete Amélie, *„ich muss sie wohl erst noch verdienen."*

Hermann tat sich etwas schwer mit der direkten Art von Amélie. Einerseits widerstrebte es ihm, aber andererseits erregte es ihn auch.

*„Dann lass uns keine Zeit verlieren"*, sagte Amélie und begann Hermann auszuziehen. Jetzt gab es auch für Hermann kein Halten mehr. Er küsste Amélie mit einer solchen Leidenschaft, von deren Existenz er bis noch vor wenigen Augenblicken nichts geahnt hatte.

Amélie wusste genau, wo man welche Knöpfe bei einem Mann drücken musste, um ihm den Verstand zu rauben.

Sie spielte diese Klaviatur rauf und runter. Vom schnurrenden Kätzchen bis hin zur wilden Tigerin beherrschte sie jede Facette.

Als sie und Hermann atemlos und schweißbedeckt nebeneinanderlagen, war der Grundstein gelegt für ein Vorhaben, für das es kein Entrinnen gab.

Hermann war Amélie hoffnungslos verfallen und in ihren Händen weich wie Wachs. Und Amélie wusste, dass sie Hermann formen konnte, wie immer es ihr beliebte.

*„War das schön, chérie?"*, fragte Amélie, nach ein paar Minuten des Verschnaufens. Sie hatte sich aufgestützt und schaute Hermann mit ihren dunklen Augen an.

*„Das war wunderbar"*, antwortete Hermann, *„ich könnte sterben vor Glück."*

*„Nichts da, chérie"*, antwortete Amélie, *„du wirst noch gebraucht. Und außerdem bekomme ich ja noch meine Überraschung von dir."*

Hermann stand auf, ging zu seinem Sakko und entnahm der Innentasche ein kleines Päckchen.

*„Mach es auf!"*, sagte Hermann, indem er Amélie das Päckchen reichte.

Amélie riss die Verpackung auf und öffnete das Etui. In diesem lag eine goldene Halskette mit einem Rubin in Herzform als Anhänger.

*„Das ist wunderschön"*, sagte Amélie, *„hängst du es mir bitte um?"*

Hermann tat, worum ihn Amélie gebeten hatte, und er küsste ihr zart den Nacken dabei. Amélie drehte sich um und schaue Hermann mit ernster Miene an.

*„Warum tust du das?"*, fragte sie.

*„Weil ich dich liebe, du wunderbare Frau"*, antwortete Hermann. *„Weil ich dich liebe wie noch nie eine Frau zuvor."*

\*\*\*\*\*

Das Restaurant <Adler> war gut besucht. Ohne die Reservierung durch den Concierge hätte der Konsul wohl keinen Tisch bekommen.

*„Möchten Sie vielleicht jetzt bestellen, mein Herr?"*

Der Kellner war zum wiederholten Mal an den Tisch des Konsuls getreten, um ihn zu fragen.

*„Ich sagte Ihnen doch schon, dass ich noch auf jemand warte. Oder wollen Sie schon nachhause gehen?"*

Der harsche Ton des Gastes erschreckte den Kellner, der sich mit einem „Pardon, mein Herr" eilig vom Tisch wieder entfernte.

Jaques bereute sein Ungehaltensein dem Kellner gegenüber, und er beschloss die Angelegenheit mit einem ordentlichen Trinkgeld später wieder in Ordnung zu bringen.

Die Uhr zeigte schon kurz nach 21:00 Uhr und allmählich nahmen die Zweifel zu, ob Franziska überhaupt erscheinen würde.

Doch dann kam Franziska - etwas außer Atem - und entschuldigte ihre Verspätung damit, dass es Probleme bei der Arbeit gegeben habe.

„*Das macht nichts*", sagte Jaques, „*Hauptsache, dass du da bist. Ich freue mich sehr darüber.*"

Als der Konsul nach einem Kellner winkte, um die Bestellung für das Essen aufzugeben, kam nicht derselbe von vorhin.

Wahrscheinlich hatte er vorsichtshalber einen Kollegen gebeten für ihn zu übernehmen.

„*Liebe Franziska, ich habe dir ja schon gesagt, dass ich sehr froh darüber bin, dass du gekommen bist*", begann Jaques nach dem Essen ein längeres Gespräch.

„*Ich bin auch sehr froh darüber*", antwortete Franziska, „*und ich danke dir für die Einladung und das köstliche Essen.*"

„*Das musst du dem Koch sagen und nicht mir*", sagte Jaques lächelnd und Franziska gab das Lächeln zurück.

„*Dein Brief hat mich sehr erstaunt und auch ein wenig verletzt*", fuhr Jaques fort.

*„Ich habe einfach nicht verstanden, was dich dazu bewogen hat. Aber vielleicht kannst du es mir ja jetzt erklären."*

Franziska saß wie versteinert da. Man konnte in ihrem Gesicht erkennen, wie sehr sie um eine Antwort rang. Jaques, dem es nicht entgangen war, sagte:

*„Bitte, quäle dich nicht. Du musst es mir nicht erklären, wenn du es nicht kannst oder willst."*

Franziska bekam Tränen in den Augen, als Jaques das sagte.

*„Bitte, weine nicht, liebe Franzi, es ist alles gut."*

*„Es fällt mir schwer zu glauben, dass es eine Verbindungstür von meiner zu deiner Welt geben soll. Und selbst wenn es die gibt, hätte ich Angst hindurch zu gehen"*, sagte Franziska und die Tränen rannen ihr dabei über das Gesicht.

*„Aber du bist doch schon längst hindurchgegangen"*, antwortete Jaques, *„sonst säßest du jetzt nicht hier vor mir."*

Jaques lächelte und Franziska ließ sich davon anstecken.

*„Du hast mich gerade eben <Franzi> genannt"*, sagte sie, *„das war schön..."*

„*Ich weiß auch nicht*", erwiderte Jaques, „*mir war ganz einfach danach. Aber wenn du das nicht möchtest…*"

„*Doch, doch*", antwortete Franziska schnell, „*sehr sogar.*"

„*Also dann, liebe Franzi, dann stellen wir alles noch einmal auf Anfang, wenn du damit einverstanden bist*", sagte Jaques.

„*Das bin ich*", antwortete Franziska, „*und vielen Dank.*"

„*Darauf müssen wir anstoßen*", sagte Jaques, „*was möchtest du? Champagner?*"

„*Wäre Cognac auch in Ordnung?*", fragte Franziska eher schüchtern.

Jaques bejahte, und er fragte sich, wie eine Frau, die offenkundig ein eher scheues Wesen zu sein schien, Housekeeper sein konnte.

„*Du weißt so viel über mich*", sagte Franziska, nachdem sie sich mit einem ordentlichen Schluck Cognac Mut angetrunken hatte, „*und ich weiß fast gar nichts über dich.*"

„*Das müssen wir schleunigst ändern*", entgegnete Jaques, „*was möchtest du denn wissen?*"

„*Alles*", platzte es aus Franziska heraus.

„*Das ist aber ganz schön viel*", sagte Jaques, und dann breitete er sein Leben vor Franziska aus.

„*Geboren wurde ich auf Haiti. Mein Vater war Franzose und meine Mutter war Französin mit kreolischer Abstammung.*

*Dort bin ich zur Schule gegangen und auch aufgewachsen. Mein Vater war im diplomatischen Dienst, und über ihn bin ich später auch Honorarkonsul geworden. Aber das ist noch einmal eine andere Geschichte.*"

„*Was ist ein Honorarkonsul?*", fragte Franziska.

„*Das ist ein Amt mit Titel; aber ohne Mittel*", antwortete Jaques. Als er in das ratlose Gesicht Franziskas schaute, erklärte er ihr den Begriff etwas näher.

„*Ich habe durch meine Geburt die französische Staatsbürgerschaft erhalten.*"

„*Warum nicht die haitianische?*", unterbrach Franziska.

„*Mein Vater wollte das so*", antwortete Jaques. „*Als ich später an der Sorbonne studiert habe und meinen Abschluss hatte, begann ich in einer Bank zu arbeiten.*

*Das ging ein paar Jahre lang gut. In all der Zeit habe ich immer wieder an Haiti denken müssen. Es war fast wie ein bisschen Heimweh.*

*Mein Vater hat mir dann den Floh ins Ohr gesetzt, mich um ein Honorarkonsulat auf Haiti zu bewerben, was ich dann auch getan habe.*

*So wurde ich französischer Konsul auf Haiti und war zuständig für Passangelegenheiten, Visa und diversen Beglaubigungen."*

*„Und davon kann man leben?",* fragte Franziska.

*„Nein, das kann man nicht",* antwortete Jaques, *„im Gegenteil. Ein Honorarkonsul muss alles selbst bezahlen. Sein Büro, genauso wie seine Angestellten."*

Franziska hatte gerade Mühe zu verstehen, wie man einen Beruf ausüben kann, bei dem man nicht nur nichts verdient, sondern auch noch Geld beisteuern muss.

Jaques lächelte.

*„Ich entnehme deinem Gesichtsausdruck, dass du gerade an meinem Verstand heftige Zweifel hegst",* sagte er und erklärte weiter:

*„Meine Eltern sind nach dem Krieg nach Haiti gegangen und haben eine Kaffeeplantage gegründet. Diese existiert noch imme,r und sie ernährt ihren Mann.*

*Das Einrichten eines Honorarkonsulats war eine Herzensangelegenheit und ein wenig auch der Wunsch meiner Mutter."*

*„Leben deine Eltern noch?"*, fragte Franziska.

*„Nein"*, antwortete Jaques, *„sie wurden von Einheimischen ermordet."*

*„Das ist ja furchtbar"*, sagte Franziska voller Entsetzen, *„und trotzdem betreibst du noch diese Plantage?"*

*„Aber ja"*, antwortete Jaques, *„Haiti ist noch immer meine Heimat, und ich kann mit der Plantage den Einheimischen Brot und Lohn geben. Haiti ist ein sehr armes Land."*

Franziska musste das alles erst einmal sacken lassen. Sie bat um einen weiteren Cognac, bevor sie die nächste Frage stellte:

*„Hast du eine Ehefrau?"*

Jaques war überrascht ob dieser Frage, zumal er sie Franziska überhaupt nicht zugetraut hätte.

*„Nein"*, antwortete Jaques.

*„Vielleicht eine Lebensgefährtin?"*, schob Franziska vorsichtig hinterher.

*„Nein, auch das nicht."*, sagte Jaques und dann:

*„Was hältst du eigentlich von mir? Ich bin doch kein Blaubart."*

Franziska erschrak über sich selbst und stammelte:

„Entschuldige bitte; das ist der Alkohol. Ich bin das nicht gewöhnt."

„Du musst dich nicht entschuldigen", sagte Jaques, „ich bin nur ein wenig überrascht."

Plötzlich schrie Jaques auf und griff sich an den Kopf.

„Um Gottes willen", sagte Franziska, „was ist mit dir?"

„Bring mich bitte sofort ins Hotel", sagte Jaques, „dort habe ich meine Medikamente."

„Habe ich dich zu sehr aufgeregt?" fragte Franziska, die sich in diesem Augenblick heftige Selbstvorwürfe machte.

„Nein", presste Jaques hervor, „ich erkläre es dir später. Jetzt bringe mich bitte schnell ins Hotel."

„Kann ich morgen bezahlen?", fragte Franziska den Kellner.

Dieser bejahte, denn er wusste, dass Franziska eine Kollegin vom Hotel war, und es war augenscheinlich, dass der Gast in ihrer Begleitung ein Problem hatte.

Franziska brachte Jaques auf sein Zimmer und half ihm sich auf das Bett zu legen. Jaques bat Franziska die kleine Pillendose auf dem Sekretär zu holen und ihm ein Glas Wasser zu bringen.

Er windete sich vor Schmerzen und sein Stöhnen traf Franziska bis tief ins Mark. Sie saß am Bett von Jaques, der Situation hilflos ausgeliefert und sich noch immer heftige Vorwürfe machend.

Zum Glück entfaltete das Medikament schon nach wenigen Minuten seine Wirkung.

„*Es tut mir so leid*", sagte sie immer wieder vor sich hin, „*warum habe ich das nur getan?*"

„*Du hast nichts getan, Franzi*", sagte Jaques in ruhigem Ton, „*und höre bitte auf dir Vorwürfe zu machen.*"

„*Aber was war das denn vorhin?*", fragte Franziska.

„*Ich leide unter einer sehr seltenen Art von Migräne, die immer wieder einmal zu solchen Anfällen führt.*"

„*Das ist ja furchtbar*", sagte Franziska.

„*Es sieht schlimmer aus als es ist*", versuchte Jaques die immer noch leicht aufgewühlte Franziska zu beruhigen. „*Normalerweise habe ich mein Medikament immer bei mir; nur heute hatte ich es vergessen.*"

„*Und können die Ärzte nichts dagegen tun?*", fragte Franziska.

„*Nein, damit muss ich leben*", antwortete Jaques.

„Das Medikament ist sehr stark und macht sehr müde", fuhr Jaques fort, „ich werde in ein paar Minuten einschlafen."

„Dann gehe ich jetzt wohl besser", sagte Franziska und wollte aufstehen, um das Zimmer zu verlassen.

„Nein, bitte bleibe noch", sagte Jaques, „und wenn es dir nichts ausmacht, dann lege dich zu mir, bis ich eingeschlafen bin."

Franziska zögerte und schaute Jaques fragend an.

„Du brauchst keine Angst haben", sagte Jaques, „das ist kein unmoralisches Angebot. Nur bis ich eingeschlafen bin, dann kannst du sofort gehen."

Franziska legte sich neben Jaques und schob ihren Arm unter seinen Kopf. Es dauerte nicht lange und die tiefen Atemzüge von Jaques ließen erkennen, dass er eingeschlafen war.

Franziska sah Jaques ins Gesicht. Dann streichelte sie ihm liebevoll über den Kopf, so wie es einst der Vater bei ihr gemacht hatte, wenn sie unglücklich war. Von ihrer Mutter kannte sie das nicht. Sie verfügte zwar über einige Gemütsregungen; Liebe war jedoch ganz sicher nicht dabei.

In diesem Augenblick beschloss Franziska sich aus der Schuld, welche sie all die Jahre ihrer Mutter gegenüber empfand, zu befreien.

*****

Hermann vorm Walde besuchte das kleine Café auf dem Montmartre so oft er nur konnte. Es lag etwas abgelegen vom allgemeinen Trubel, versteckt in einer kleinen Seitengasse.

Vielleicht war das auch der Grund, dass sich nie ein Kamerad von ihm dort blicken ließ. Das konnte Hermann natürlich nur recht sein, denn sonst wäre seine wahre Identität längst herausgekommen und das hätte schlimme Folgen gehabt.

Seine letzten Besuche waren für Hermann sehr betrüblich, denn Amélie erschien nicht ein einziges Mal. Immer, wenn er nach ihrem Verbleib fragte, bekam er ausweichende Antworten.

Es schien ihm äußerst merkwürdig, und er fragte sich, was wohl dahinterstecken mochte. Hatte er sich in Amélie getäuscht? Wollte sie am Ende nichts mehr von ihm wissen?

Wie sehr er sich irrte, sollte er noch an diesem Abend erfahren. Er saß einmal mehr im Café und wartete auf die Liebste, als die Tür aufging und die anbetungswürdige Amélie hereintrat.

Sie ging direkt auf Hermann zu, zog ihn am Arm und sagte:

*„Komm bitte mit, chérie!"*

Als sie draußen vor der Tür waren, umarmte sie Hermann und küsste ihn.

„*Was ist los mit dir?* ", fragte Hermann völlig verwirrt, „*ist etwas passiert?* "

„*Nichts ist los, chérie* ", antwortete Amélie, „*und es ist auch nichts passiert. Ich möchte nur heute Abend mit dir allein sein.* "

Hermann begnügte sich mit Amélies Antwort. Er war einfach nur froh darüber, dass er die Liebste wieder im Arm halten konnte.

„*Und wohin gehen wir jetzt?* ", fragte er.

„*Zu dir, chérie* ", antwortete Amélie.

Hermann erschrak zutiefst. Natürlich war ihm bewusst, dass dieser Tag irgendwann kommen musste. Und natürlich war er irgendwie darauf vorbereitet.

Er hatte in seiner Wohnung alles darauf abgerichtet, dass nichts auf seine wahre Identität hinwies.

Seine Uniform hing immer im Schrank, zusammen mit Koppel und Waffe. Und irgendwelche Bilder und Schriftstücke waren ebenfalls gut verstaut.

Aber trotzdem beschlich ihn in diesem Augenblick ein ungutes Gefühl. Amélie dürfte es bemerkt haben, denn sie fragte:

„*Ist dir das denn nicht recht, chérie? Hast du vielleicht eine Ehefrau dort versteckt?* "

Hermann schaute in das grinsende Gesicht von Amélie, mit welchem sie Hermanns Bedenken schlagartig weggewischt hatte.

*„Natürlich ist mir das recht, mein Engel"*, antwortete Hermann, *„und was die Ehefrau betrifft, so besucht sie zurzeit ihre Eltern."*

Jetzt lachten beide.

*„Dann führe mich jetzt in die Höhle des Löwen. Ich habe schon große Sehnsucht nach dir."*

Hermann winkte ein Taxi herbei.

*„In die Rue d`Artagnan, bitte!"* sagte er dem Taxichauffeur und schmiegte sich dann an seine Angebetete.

Als sie die Wohnung betraten, schaute sich Amélie interessiert um und bemerkte dann:

*„Das gefällt mir, chérie. Ich fühle mich sehr wohl, und ich freue mich auf eine wunderbare Nacht mit dir."*

Sie kramte in ihrer Tasche und zog eine Zigarettenschachtel hervor. Als sie diese öffnete, bemerkte sie, dass die Schachtel leer war.

*„Mon dieu"*, sagte sie voller Entsetzen, *„ich habe keine Zigaretten mehr. Holst du mir welche, chérie? Gleich um die Ecke ist ein Bistro, die haben sicher*

*Zigaretten. Ich möchte <Gitanes> oder <Gauloises>."*

Hermann zögerte einen Augenblick. Wohl war ihm nicht bei dem Gedanken Amélie allein in der Wohnung zu lassen.

Andererseits war das Bistro wirklich nicht weit von der Wohnung entfernt. Also sagte er zu.

*„Du bist ein Schatz, chérie"*, sagte Amélie, *„und wenn du zurückkommst, wartet eine Überraschung auf dich."*

Ein vielversprechendes Augenzwinkern unterstrich diese Andeutung, und sie beflügelte Hermann sich zu beeilen, um so schnell wie möglich wieder zurück zu sein.

Als Hermann kurz darauf die Tür zu seiner Wohnung aufmachte, bot sich ihm eine atemberaubende Überraschung.

Vor ihm stand seine Angebetete mit nichts bekleidet als mit einer Walther PPK, der Dienstwaffe des Majors Hermann vorm Walde.

Sie hielt sie auf Hermann gerichtet, den linken Arm nach oben gestreckt und sagte in süffisantem Tonfall:

*„Heil Hitler, Herr Major!"*

Hermann wurde schwarz vor Augen. Er wartete nur noch auf den Schuss.

*„Habe ich dich sehr erschreckt, chérie?"*, fragte Amélie, welche die Waffe auf den Tisch gelegt hatte.

*„Das tut mir leid, ich habe doch nur einen Scherz gemacht. Komm her, chérie und gib mir einen Kuss."*

Hermann stand noch immer regungslos im Zimmer. Er war nicht imstande die Situation einzuordnen.

Er fragte sich, wer diese Frau in Wirklichkeit war, in die er sich so unsterblich verliebt hatte. War alles nur Theater, liebte sie ihn gar nicht? Hatte er sich selbst zum Narren gemacht?

*„Was hast du? Liebst du mich nicht mehr?"*

Mit dieser Frage drängte sich Amélie in Hermanns Gedanken, die gerade Roulette spielten.

*„Wer bist du wirklich?"*, fragte Hermann, *„und was willst du von mir?"*

*„Ich bin Amélie, eine französische Widerstandskämpferin"*, antwortete Amélie, *„und ich möchte, dass du mir hilfst."*

*„Bist du verrückt?"*, sagte Hermann, der im Begriff war seine Fassung wiederzuerlangen.

*„Ich könnte dich der Gestapo übergeben, wenn ich wollte"*, sagte er weiter, und in seinem Kopf hämmerte es wie wild dabei.

*„Das weiß ich, chérie"*, antwortete Amélie, *„aber das machst du nicht."*

*„Und warum nicht?"*, fragte Hermann.

*„Weil du mich liebst."*, antwortete Amélie.

*„Mag sein"*, antwortete Hermann, *„aber was ist mit dir? Liebst du mich denn oder war alles nur Theater?"*

*„Anfangs schon"*, sagte Amélie, *„da warst du nur ein <Boche>; aber inzwischen bist du nur noch ein Mensch, ein Mann, den ich liebe."*

Hermann schaute in Amélies Gesicht. Er schaute in ihre dunklen Augen, und er konnte keine Lüge darin entdecken.

*„Das war so nicht geplant"*, fuhr Amélie fort, *„aber meine Gefühle für dich sind nun einmal stärker als meine Vernunft. Ich gebe mich damit ganz in deine Hände."*

\*\*\*\*\*

Franziska hatte eine unruhige Nacht hinter sich. Das gestrige Gespräch mit Jaques und seine heftige Migräneattacke hatten ihr ganz schön zugesetzt.

Sie rief gegen 09:00 Uhr auf dem Zimmer von Jaques an, um sich nach seinem Befinden zu erkundigen.

Als sie keine Antwort bekam, fragte sie beim Concierge nach, ob vielleicht eine Nachricht für sie hinterlegt worden wäre.

Er bejahte und überreichte ihr einen Brief.

*„Liebe Franzi,*
*ich danke dir ganz herzlich, dass du dich gestern so liebevoll um mich gekümmert hast. Als kleines Dankeschön lade ich dich ein mit mir für ein paar Tage nach Paris zu fliegen.*

*Wir fliegen morgen um 16:45 Uhr, und wir werden um 18:55 in Paris landen. Das mit deinem Urlaub habe ich schon geregelt. Packe auch etwas Warmes ein, denn am Abend ist es schon recht kühl.*

*Ich werde dir mein Paris zeigen, und es wird dir gefallen. Ich freue mich schon sehr darauf. Nur zu deiner Beruhigung; ich habe zwei Einzelzimmer gebucht. Sei bitte um 14:00 Uhr hier im Hotel.*

*Jaques"*

\*\*\*\*\*

„*Ich glaube, ich bin gerade dabei meinen Verstand zu verlieren.*"

Major Hermann vorm Walde stand noch immer vor der nackten Amélie und rang nach Fassung.

„*Das wäre nicht gut, chérie*", sagte Amélie, „*den brauchst du noch.*"

„*Du hast wohl immer und in jeder Situation einen passenden Spruch zur Hand*", sagte Hermann.

„*Mag sein*", antwortete Amélie, „*aber das unterscheidet uns von euch Deutschen. Ihr nehmt das Leben viel zu ernst. Euch fehlt das <Savoir-vivre>.*"

„*Ich wünschte, ich könnte das sehen wie du*", sagte Hermann und setzte sich auf das Bett.

Amélie setzte sich neben ihn und begann seine Kleidung zu öffnen.

„*Wie kannst du in diesem Augenblick an so etwas denken?*", fragte Hermann erstaunt.

„*Ganz einfach, chérie*", sagte Amélie, „*ich bin nackt und du bist angezogen. Deshalb ziehe ich dich jetzt aus und dann lieben wir uns.*"

„*Und damit ist dann alles gut*", sagte Hermann leicht verbittert.

„*Nein, chérie, ist es nicht*", antwortete Amélie, „*dazu müsste dieser verdammte Krieg zu Ende sein.*

*Aber für die nächsten Stunden lassen wir ihn nicht bei der Tür herein. Dieses Zimmer ist unsere uneinnehmbare Festung, eine <Forteresse de l'amour>."*

Hermann ließ es zu, dass Amélie ihn entkleidete, und er ließ es zu, dass sie ihn danach bis zur Ekstase trieb. Er wünschte sich nur, dass es niemals enden würde.

Als sie erschöpft von der Liebe eng umschlungen nebeneinanderlagen, begann Amélie von ihrem kleinen Bruder Victor zu erzählen.

*„Mein Toutou war 16 Jahre alt, als er starb."*

*„Warum nennst du deinen Bruder <Toutou>?",* unterbrach Hermann Amélie.

*„Weil er mir wie ein kleines Hündchen überall hin gefolgt ist",* antwortete Amélie und fuhr fort:

*„Es war im Sommer vor zwei Jahren, als die Boches auf unseren Hof kamen. Sie suchten nach Mitgliedern der Resistance.*

*Victor hielt sich in der Scheune auf, um dort zu spielen. Als er sah, wie einer der Soldaten unsere Mutter bedrängte, kam er rennend aus der Scheune gestürzt. Er hielt eine Spielzeugpistole in der Hand, die ihm der Vater aus Holz geschnitzt hatte. Ein anderer Soldat schoss auf Victor. Er war sofort tot."*

*„Das ist ja furchtbar",* sagte Hermann.

„*Meine Familie hatte nie etwas mit der Resistance zu tun*", erzählte Amélie in leisem Tonfall weiter, „*aber an diesem Tag habe ich beschlossen die deutschen Teufel zu bekämpfen. Ich wurde Mitglied in der Resistance.*"

Hermann fühlte die heißen Tränen Amélies, die von ihrem Gesicht auf seine Brust rannen, und er fragte sich, wie es möglich sein konnte, dass ihn diese wunderbare Frau liebte, obwohl er ja zu den <deutschen Teufeln> gehörte.

„*Wieso kannst du mich lieben, nachdem Männer, die das getan haben, aus dem Land stammen, in dem ich geboren und aufgewachsen bin?*", fragte Hermann.

„*Du bist nicht wie sie*", antwortete Amélie, „*auch wenn du ihre Uniform trägst. Ich spüre es bei jeder Berührung von dir. Du magst den Krieg ebenso wenig wie ich.*"

Und nach einer kurzen Pause sagte Amélie die bedeutenden Worte:

„*Und darum musst du mir helfen, chérie.*"

*****

Franziska stand punkt 14:00 Uhr im Foyer des Hotels. Sie musste nicht lange warten; denn kurz darauf erschien Jaques mit seinem Gepäck.

Er begrüßte Franziska mit einem Kuss auf beide Wangen.

*„So begrüßt man sich in Frankreich"*, sagte er lachend, *„und jetzt kann das Abenteuer beginnen."*

Der Concierge, der die Beiden beobachtet hatte, sagte:

*„Ihr Taxi wartet schon, Herr Konsul."*

*„Danke mein Lieber"*, antwortete Jaques und der Concierge erwiderte:

*„Ich wünsche Ihnen schöne Tage in Paris und kommen Sie gesund wieder!"*

Franziska staunte, dass ihr Kollege so gut informiert war.

*„Dann auf nach Paris!"*, sagte Jaques und strebte mit seinem Gepäck dem Ausgang zu. Franziska folgte ihm, und kurz darauf fuhren sie im Taxi in Richtung Flughafen.

Als sie im Flugzeug saßen, fragte Franziska:

*„Wieso warst du dir so sicher, dass ich mitkommen würde?"*

„*War ich gar nicht*", antwortete Jaques, „*aber ich habe es mir ganz arg gewünscht.*"

„*Du verrückter Kerl*", lachte Franziska und sie konnte es nicht verhehlen, dass sie in diesem Moment sehr, sehr glücklich war.

Das Hotel lag in der Rue Claude Pouillet und war nicht besonders groß.

„*Hier logiere ich immer, wenn ich in Paris bin*", sagte Jaques. „*Es ist kein Luxustempel, aber ich fühle mich hier sehr wohl. Ich hoffe, es gefällt dir.*"

Nach dem Anmelden fuhren sie mit dem Fahrstuhl hinauf in den 3. Stock.

„*Das ist dein Zimmer*", sagte Jaques und deutete auf das Zimmer 302, „*und das daneben ist meins. Es gibt eine Verbindungstür, die aber nur von einer Seite zu öffnen geht; nämlich von deiner.*"

Franziska war überrascht ob dieser Mitteilung.

„*Du steckst voller Überraschungen*", sagte sie und Jaques antwortete mit einem charmanten Lächeln:

„*C'est vrai*; *so sind wir Franzosen. Wenn es dir recht ist, dann machen wir uns jetzt frisch und treffen uns in einer halben Stunde bei der Rezeption.*"

Als Jaques mit Franziska das Hotel verließ, sagte er zu ihr:

*„Mademoiselle, darf ich Sie zu einem Dinner auf der Seine einladen?"*

*„Sehr gern, mein Herr"*, antwortete Franziska, *„mein Magen lechzt schon nach einer Mahlzeit."*

Die Beiden fuhren mit einem Taxi an die Seine, wo schon ein <Bateau Mouche> auf sie wartete. Sie nahmen Platz an einem Tisch nahe der gläsernen Außenwand und genossen ein romantisches Abendessen auf dem Fluss.

Die Gebäude an beiden Ufern der Seine waren beleuchtet und lockten bei den Fahrgästen große Begeisterung hervor. Auch Franziska vermochte sich dem nicht zu verschließen.

*„Das ist alles so wunderschön"*, sagte sie und streckte ihr Hand Jaques entgegen. Er nahm sie und gab ihr einen langen, innigen Kuss darauf.

*„Das freut mich sehr, mein Liebling"*, sagte Jaques, und er sah Franziska dabei an, so als hätte er Angst, er hätte etwas Falsches oder Unrechtes gesagt.

Franziska zögerte einen Augenblick. So hatte sie Jaques noch nie genannt. Dann nahm sie seine Hand und gab ihm einen ebenso innigen Kuss darauf.

*„Ich danke dir sehr, mein Lieber; ich bin sehr glücklich, dass du hier bei mir bist."*

\*\*\*\*\*

Hermann und Amélie lagen noch immer engumschlungen im Bett. Sie waren inzwischen eingeschlafen.

Als Amélie aufwachte, sah sie in Hermanns Gesicht. Sie vernahm seine tiefen Atemzüge, und sie fragte sich, ob sie das Recht dazu hatte, den Mann, den sie liebte, in ihre Tätigkeiten miteinzubeziehen.

Hermann wachte nun ebenfalls auf.

*„Wie lange haben wir denn geschlafen?"*, fragte er Amélie.

*„Ich weiß es nicht"*, antwortete Amélie, *„ist auch egal. Ich weiß nur, dass der Krieg noch immer nicht vorbei ist."*

*„Ja, leider"*, sagte Hermann, *„das wäre auch zu schön."*

*„Willst du mir helfen ihn zu beenden?"*, fragte Amélie.

Das war die allentscheidende Frage und Amélie sah Hermann angstvoll dabei an. Als Hermann ihr darauf antwortete, war sie völlig überrascht.

*„Ich wüsste nicht wie; aber du wirst wohl schon einen Plan haben, nehme ich an."*

Als Hermann sich das sagen hörte, wurde ihm bewusst, dass er gerade den ersten Schritt zum Hochverrat gemacht hatte…

Amélie bedeckte Hermanns Gesicht mit unzähligen Küssen. Und immer wieder sagte sie:

*„Ich wusste es, chérie, ich wusste es. Du bist der wunderbarste Mann, dem ich je begegnet bin, und ich liebe dich. Ich liebe dich bis in den Tod. "*

Der letzte Satz manifestierte sich in Hermanns Gehirn. *„Es könnte wohl darauf hinauslaufen"*, dachte er, *„und die Wahrscheinlichkeit ist recht groß. "*

*„Hast du Champagner, chérie? "*, fragte Amélie, *„ich hätte jetzt Lust auf Champagner. "*

*„Leider nein, mein Engel"*, antwortete Hermann, *„ich war auf Damenbesuch nicht eingestellt. "*

*„Dann gehe ich jetzt hinunter in das Bistro und hole uns eine Flasche"*, sagte Amélie, *„und du kannst dir inzwischen überlegen, ob du vielleicht nicht doch lieber die Gestapo rufen möchtest. "*

Als Amélie sich angezogen und das Zimmer verlassen hatte, fragte sich Hermann, ob er sich je an den skurrilen Humor von Amélie gewöhnen würde.

Und er dachte zum ersten Mal darüber nach, ob es wohl so etwas wie ein Schicksal gäbe, und wenn, ob das Schicksal beschlossen hatte ihn zum Vaterlandsverräter werden zu lassen.

*\*\*\*\*\**

Der Flug, der Transfer zum Hotel, die Fahrt auf der nächtlichen Seine, das alles war doch sehr anstrengend für Franziska.

*„Jetzt freue ich mich schon sehr auf mein Bett"*, sagte sie, als sie ihr Hotelzimmer öffnete. Dann gab sie Jaques einen Kuss auf den Mund, und mit einem *„Schlaf schön, mein Liebster"* zog sie die Tür hinter sich zu.

Jaques schickte Franziska auch einen Gutenachtgruß durch die bereits geschlossene Tür und ging dann in sein Zimmer.

Es war das erste Mal, dass er einen Kuss von Franziska auf den Mund bekam. Jaques musste lächeln, als ihm der Spruch einfiel, dass Paris die Stadt der Liebenden sei; aber ganz offenkundig stimmte es.

Es war noch früh am Morgen, als sich ganz behutsam die Verbindungstür zu Jaques' Zimmer öffnete und Franziska im Nachthemd hindurchtrat.

*„Guten Morgen, Liebster"*, sagte sie leise; aber dennoch laut genug, damit Jaques es hören konnte.

*„Guten Morgen, liebste Franzi"*, erwiderte Jaques, dem das große Erstaunen deutlich in sein Gesicht geschrieben stand.

*„Ich möchte mich gern ein wenig zu dir legen, wenn ich darf"*, sagte Franziska schüchtern.

Jaques schlug vorsichtig die Bettdecke zurück; aber nur so weit, damit man seine Erregung nicht sehen konnte.

Er schlief wie immer nackt und der kleine Busen, der durch Franziskas Nachthemd durchschimmerte, löste bei Jaques sofort Alarm in der Lendenregion aus.

Als Franziska sich zu ihm gelegt hatte, sagte sie:

*„Zieh mich aus und dann liebe mich. Ich wünsche es mir so sehr. Aber bitte sei behutsam; ich habe kaum Erfahrung damit."*

Jaques liebkoste den Körper Franziskas mit sehr viel Liebe und bedeckte ihn mit vielen Küssen. Als er in sie drang, bebte Franziska am ganzen Körper und begann zu weinen.

*„Soll ich aufhören"*, fragte Jaques besorgt, *„Tue ich dir weh?"*

*„Nein, nein"*, antwortete Franziska, *„bitte höre nicht auf!"*

*„Aber warum weinst du denn?"*, fragte Jaques.

*„Weil ich so glücklich bin, mein Geliebter; so unsagbar glücklich..."*

*****

Der kleine Frühstücksraum lag im Untergeschoss des Hotels. Backsteinmauern und eine warme Beleuchtung schafften eine wohlige Atmosphäre.

Das Angebot war reichhaltig und der Kaffee vorzüglich.

*„Endlich wieder ein ordentliches Baguette und kein Kaugummi"*, sagte Jaques, *„wie habe ich das vermisst. Und Käse, wunderbarer Käse."*

*„Du liebst die französische Küche wohl sehr"*, sagte Franziska lachend und schaute in das zufriedene Gesicht ihres Liebsten.

Jaques nickte und sagte:

*„Besonders das gute Frühstück nach einer wunderbaren Liebesnacht."*

Franziska errötete, als sie dieses hörte und blickte sich vorsichtig um.

*„Das ist nichts, wofür man sich schämen müsste, mein Liebling; wir sind in Paris"*, fügte Jaques lachend hinzu.

Franziska lachte nun ebenfalls und fragte dann:

*„Was werden wir heute unternehmen?"*

*„Wir erobern Paris!"*, antwortete Jaques.

Kurz darauf saßen sie in der Metro und fuhren zur Avenue du Maine, in den Stadtteil Montparnasse, wo sich ein 210 Meter hohes Bürohaus befindet.

Das Besondere an diesem Gebäude ist die Plattform auf dem Dach, von welchem man einen unvergleichlichen Panoramablick über die ganze Stadt genießen kann.

Hinauf in die 59. Etage gelangt man mit einem Aufzug in sagenhaften 38 Sekunden. Bei der Eröffnung des Turms war er sogar der schnellste in ganz Europa.

*„Das ist atemberaubend schön"*, sagte Franziska, als sie auf dem Dach angelangt waren und von dort die markantesten Gebäude erkennen konnten:

Tour Eiffel, Arc de Triomphe, Dôme des Invalides, das Panthéon und anderes mehr.

*„Die Touristen steigen alle auf den Eiffelturm; aber der Kenner kommt hierher"*, sagte Jaques voller Stolz.

*„Ich bin sehr froh, dass ich dich als Fremdenführer habe"*, sagte Franziska und gab Jaques einen Kuss.

*„Für eine solch süße Belohnung mache ich das gern"*, entgegnete Jaques.

Nach einer ganzen Weile fuhren sie wieder hinunter.

*„Und was machen wir jetzt?"*, fragte Franziska aufgeregt. Sie fühlte sich einfach nur wunderbar und sie gab sich diesem Gefühl vorbehaltlos hin.

*„Jetzt zeige ich dir ein Stück Familiengeschichte"*, antwortete Jaques.

*„Was heißt das?"*, fragte Franziska.

*„Das erkläre ich dir, wenn wir an Ort und Stelle sind"*, antwortete Jaques.

Dann fuhren sie in das 18. Arrondissement und von dort weiter mit der <Funiculaire de Montmartre>, einer Standseilbahn, auf den Montmartre.

Franziska staunte, als sie oben angekommen waren; denn auf den Treppen vor dem Gebäude saßen sehr viele Menschen.

*„Die <Basilica minor Sacré-Cœur de Montmartre> zählt du den meist besuchten Sehenswürdigkeiten von Paris"*, erklärte Jaques, *„denn auch von hier hat man einen herrlichen Blick auf die Stadt."*

Als sie in der Kirche drinnen waren, ging Franziska zu einem der Seitenaltäre und zündete drei Kerzen an.

*„Für wen sind die?"*, fragte Jaques und Franziska antwortete:

*„Für meine Brüder Wolfgang und Martin."*

„*Das sind aber erst zwei*", sagte Jaques, „*und für wen ist die dritte Kerze?*"

Franziska zögerte einen Augenblick; dann sagte sie:

„*Die ist für dich, mein Liebster, damit du immer beschützt sein mögest.*"

Jaques war seltsam berührt, als er Franziska das sagen hörte.

„*Du bist etwas ganz Besonderes, liebste Franzi*", sagte er und seine Augen wurden ein wenig feucht dabei.

„*Jetzt zeige ich dir einen geschichtsträchtigen Ort*", sagte Jaques, „*um dessen Bedeutung nur wenige Menschen wissen.*"

Dann führte er Franziska in eine kleine Seitengasse auf dem Montmartre. Vor dem Café <Tartuffe> blieb Jaques stehen und sagte.

„*In diesem Café hat mein späteres Leben begonnen.*"

Franziska sah Jaques mit fragenden Augen an und Jaques sagte:

„*Lass uns hineingehen. Dort werde ich dir dann alles erklären.*"

Sie setzten sich nieder und bestellten eine Kleinigkeit zu essen. Franziska war schon sehr aufgeregt, und sie konnte es kaum erwarten, bis Jaques das Geheimnis lüftete.

*„In diesem Café haben sich meine Eltern getroffen und sich ineinander verliebt. Es war eine Liebe, die von ständiger Todesangst umgeben war. Und dass ich mit dir heute hier sitze, grenzt schon fast an ein Wunder."*

\*\*\*\*\*

Der Verrat, welchen der deutsche Major Hermann vorm Walde beging, bestand darin, dass er Amélie mitteilte, wann und wo das Militär Razzien durchführen wollte, um Widerstandskämpfer aufzuspüren und zu verhaften.

Hermann war sehr froh darüber, dass er keine militärisch relevanten Geheimnisse an die Resistance weitergeben musste. Er war sich nicht sicher, ob er dazu imstande gewesen wäre.

Auf diese Weise konnte er Menschenleben - genauer gesagt französische Menschenleben - retten.

Damit beruhigte er sein Gewissen, das ihm immer wieder einmal heftig zusetzte.

„*Was wirst du machen, wenn der Krieg vorbei ist?*", fragte Amélie.

Sie hatten sich geliebt und lagen nun rauchend nebeneinander.

Hermann schaute dem Rauch seiner Zigarette nach, den er in Richtung Decke blies.

„*Glaubst du, wir werden ihn überleben?*", fragte er.

„*Was für eine Frage, chérie*", antwortete Amélie, „*wir zwei sind unsterblich.*"

Da war sie wieder. Diese Unbekümmertheit und Forschheit einer jungen Frau, die neben ihm lag, die er gerade leidenschaftlich geliebt hatte, und ohne die er sich sein Leben nicht mehr vorstellen konnte.

„*Wenn du das sagst*", erwiderte Hermann, und er konnte sich ein Lächeln nicht verkneifen.

„*Also sag schon*", insistierte Amélie weiter, „*was wirst du tun?*"

„*Vielleicht kehre ich an die Kunsthochschule zurück, wo ich studiert habe*", antwortete Hermann.

Amélie deutete ein heftiges Gähnen an.

„*Mon dieu, Herr Major*", sagte sie, „*das ist ja total langweilig. Was Besseres fällt dir nicht ein?*"

„*Was hast du gegen die Malerei?*", fragte Hermann.

„*Nichts*", antwortete Amélie, „*solange es sich um meine Küche und mein Schlafzimmer dreht.*"

„*Du bist ein Banause*", sagte Hermann, „*magst du keine Kunst?*"

„*Doch, doch*", befleißigte sich Amélie zu antworten.

„*Und welche Art von Kunst?*", fragte Hermann.

„*Die Kunst der Liebe, chérie*, antwortete Amélie mit einem sündigen Augenaufschlag, „*die mag ich; die mag ich sogar sehr.*"

„*Du bist unmöglich*", sagte Hermann, und dann fragte er Amélie:

„*Und welche Pläne hast du für die Zeit nach dem Krieg?*"

„*Ich werde vielleicht nach Haiti gehen.*"

„*Nach Haiti?*", fragte Hermann überrascht, „*wieso ausgerechnet Haiti?*"

„*Weil das meine Heimat ist*", antwortete Amélie.

In diesem Augenblick erklärte sich für Hermann auch das exotische Aussehen von Amélie, das ihn so verzauberte.

„*Ich dachte, du seist Französin?*", sagte Hermann.

„*Bin ich auch; aber nur zu Hälfte*", antwortete Amélie, „*mein Vater ist Franzose und meine Mutter ist Hawaiianerin*".

„*Dann wäre ja alles geklärt*", sagte Hermann, „*jetzt müssen wir nur noch diesen verdammten Krieg heil überstehen.*"

Amélie wurde plötzlich sehr ernst. Die Heiterkeit und die Unbeschwertheit waren mit einem Schlag aus ihrem Gesicht gewichen.

„*Was ist dir, mein Engel?*", fragte Hermann besorgt.

Amélie wandte sich Hermann zu.

„*Und wohin geht unsere Liebe, wenn der Krieg vorbei ist?*", sagte sie, und die Tränen rannen über ihr Gesicht.

*****

Franziska hatte Jaques aufmerksam zugehört.

„*Ich kann mir das überhaupt nicht vorstellen*", sagte sie, „*wie haben dein Vater und diese Frau das nur ausgehalten?*"

„*Durch die Kraft ihrer Liebe, nehme ich an*", antwortete Jaques und Franziska nickte zustimmend.

„*Ich bin froh, dass ich diese Zeit nicht erleben musste*", sagte Franziska, „*und dass wir hier zusammen und in Frieden sitzen können.*"

„*Das bin ich auch*", stimmte Jaques zu, „*es ist ein großes Glück, und es hat einen Namen.*"

Franziska hatte den vielsagenden Blick von Jaques wohl richtig gedeutet, denn sie beugte sich zu ihm und gab ihm einen Kuss.

„*Ich weiß zwar nicht, welchen Namen dein Glück hat*", sagte sie dann, „*meines heißt Jaques und sitzt genau vor mir.*"

Jaques rief den Kellner, um zu zahlen.

„*Sie sind Deutsche?*", fragte der Kellner.

„*Ja*", antwortete Jaques, „*wieso fragen sie?*"

„*Weil sich zu uns normalerweise keine Touristen verirren.*"

„*An diesem Tisch saßen vor sehr vielen Jahren schon mein Vater und meine Mutter, genauer gesagt, während des Krieges*", sagte Jaques.

Der Kellner drehte sich auf einmal um und rief mit lauter Stimme: „*Patron, Patron, viens vite!*"

Als der Besitzer des Cafés am Tisch erschien, erzählte ihm der Kellner, was Jaques ihm gerade gesagt hatte.

*„Wie heißt Ihr Vater, Monsieur?"*

*„Hermann vorm Walde"*, antwortete Jaques, *„er war ein deutscher Major."*

*„Le Suisse"*, sagte der Patron ganz aufgeregt, und dann fragte er weiter:

*„Heißt Ihre Mutter Amélie?"*

*„Ja"*, antwortete Jaques, auf den die Aufgeregtheit des Patrons gerade übersprang.

*„Ich bin Roger, der Sohn von Pierre Bouchet, dem früheren Besitzer des Cafés. Er war einer aus der damaligen Runde. Mein Vater hat mir viel davon erzählt."*

Jaques war sprachlos. Wenn er mit allem gerechnet hätte; aber mit dem, was da gerade passierte, ganz sicher nicht.

*„Leben Ihr Eltern noch?"*, fragte Roger.

*„Nein"*, antwortete Jaques, *„sie sind beide schon tot."*

*„Das tut mir leid"*, sagte Roger, *„mein Vater ist auch schon tot; Lungenkrebs."*

„Bitte, erlauben Sie mir Sie einzuladen. Ich möchte mit Ihnen auf diese wunderbaren Menschen anstoßen", sagte Roger.

„Es wäre mir eine Ehre und eine große Freude", antwortete Jaques.

„Hol uns eine Flasche Champagner aus dem Keller", sagte Roger zu dem Kellner, „du weißt schon welchen."

Der Zusatz ließ erahnen, dass es sich wohl um einen ganz besonderen Champagner handeln musste.

Roger hatte sich vom Tisch entfernt, um kurz darauf wieder mit einer Frau zurückzukehren.

„Das ist Ninette."

Mit diesen Worten stellte Roger seine Frau vor, zu der er dann sagte:

„Du wirst nicht glauben, wer das ist. Das ist der Sohn von Suisse, dem deutschen Major."

Man konnte Roger förmlich ansehen, wie überwältigt er von diesem Aufeinandertreffen war. Plötzlich ging er auf Jaques zu, um ihn zu umarmen. Es folgte ein Kuss auf beide Wangen, begleitet von den Worten:

„Das musste jetzt sein, ich hoffe, Sie sind mir nicht böse, Herr Baron!"

Jaques lächelte und sagte:

*„Ich bin kein Baron und meine Freunde nennen mich Jaques."*

Dann umarmte er seinerseits den perplexen Roger mit derselben Herzlichkeit und demselben Kussritual.

Danach floss der Champagner in Strömen. Es war schon spät, als sich die Freunde verabschiedeten.

*„Ich möchte dich und deine charmante Gattin für morgen Abend hierher einladen. Ich werde noch ein paar Gäste dazu bitten, die sich sehr darüber freuen werden euch kennenzulernen"*, sagte Roger und Jaques stimmte freudig zu.

Als Franziska und er in ihrem Hotel angekommen waren, ging Franziska mit den Worten in ihr Zimmer:

*„Ich mache mich nur kurz frisch und dann komme ich zu dir. Du kannst schon einmal das Bett vorwärmen, denn ich werde die Nacht bei dir verbringen."*

Als sich Franziska wenig später zu Jaques legte, fragte sie ihn:

*„Warum hast du Roger nicht gesagt, dass ich nicht deine Frau bin?"*

*„Weil du meine Frau bist, auch wenn du keinen Ehering an deiner Hand trägst. Aber das werden wir bald nachholen."*

*„Dann können wir ja schon einmal einen Probelauf für die Hochzeitsnacht starten"*, sagte Franziska, was Jaques völlig überraschte.

Solches hätte er seiner liebsten Franzi gar nicht zugetraut. Und Franzi sich selbst - noch vor ein paar Tagen - ebenfalls nicht.

*****

Als Major vorm Walde zum Dienst erschien, herrschte eine angespannte Stimmung.

*„Wie ist das möglich?"*, tobte Obersturmbannführer Hehn, *„egal, wo wir hinkommen, die Vögel sind immer schon ausgeflogen."*

Er stand im Zimmer von Oberst Kleinschmidt, dem direkten Vorgesetzten von Major vorm Walde. Hermann mochte den Obersturmbannführer nicht.

Er war ein zynischer, menschenverachtender Emporkömmling, der es sich zur Lebensaufgabe gemacht hatte Franzosen zu jagen, zu foltern und am liebsten zu töten. Sein Hass war noch größer als sein Ego.

Im Zivilleben war Hehn ein Maurergeselle, der über diesen Status nicht hinausgekommen war, weil er zwar viel Muskeln besaß, aber wenig Grips.

„*Vielleicht spielt Ihr Informant mit falschen Karten*", sagte Oberst Kleinschmidt.

„*Blödsinn!*", antwortete Obersturmbannführer Hehn schrill, „*auf meine Informanten kann ich mich verlassen. Ich glaube eher, in Ihrer Abteilung gibt es ein Loch.*"

„*Das verbitte ich mir, Obersturmbannführer*", erwiderte Oberst Kleinschmidt schroff, „*meine Männer sind loyal.*"

Major vorm Walde machte plötzlich einen geschickten Schachzug.

„*Verzeihen Sie, Herr Oberst*", sagte er, „*ich denke, dass der Obersturmbannführer vielleicht recht haben könnte. Wir sollten es zumindest in Erwägung ziehen.*"

„*Sind Sie jetzt auch verrückt geworden, vorm Walde?*", sagte der Oberst, und seine Stimme hatte an Lautstärke zugelegt. „*Ich lege für jeden meiner Männer die Hand ins Feuer.*"

Diese Bemerkung traf Hermann tief ins Mark. Er bereute, dass er Öl ins Feuer gegossen hatte. Oberst Kleinschmidt war ein Offizier durch und durch, und der Begriff Ehre war ihm heilig.

Hermann fühlte sich schlecht. Das Gefühl nahm noch zu, als ihm der Obersturmbannführer gönnerhaft zulächelte, der in diesem Augenblick einen Verbündeten in Hermann sah.

Als Obersturmbannführer Hehn den Raum verlassen hatte, schaute Oberst Kleinschmidt lange den Major an. Hermann fühlte sich äußerst unwohl in seiner Haut. Er hatte etwas gesagt, ohne die Folgen zu bedenken.

*„Ich habe immer große Stücke auf Sie gehalten, vorm Walde",* begann der Oberst, *„aber was Sie gerade eben getan haben, das enttäuscht mich zutiefst."*

*„Es tut mir leid",* wollte sich Hermann erklären, doch der Oberst fuhr dazwischen:

*„Lassen Sie mich gefälligst ausreden, Herr Oberst; ich bin noch nicht fertig."*

Hermann schluckte. Mit einer kurzen Verbeugung als Geste der Unterordnung signalisierte er seinem Vorgesetzten, dass er ihn wohl verstanden hatte.

*„Ich habe Sie immer sehr geschätzt. Sie sind ein untadeliger Offizier und Ihre Familie weist eine lange Tradition beim Militär auf.*

*Und dann fahren Sie mir in die Parade, und das ausgerechnet im Beisein dieser misslichen Kreatur von der SS.*

*Was haben Sie sich nur dabei gedacht?"*

Danach folgt ein längeres Schweigen. Hermann überlegte krampfhaft, ob er etwas erwidern sollte; aber es fiel ihm nichts ein.

Der Oberst wartete noch eine kurze Weile auf eine Reaktion von Hermann und sagte dann:

*„Sie können wegtreten."*

Es lag Wehmut in diesem Befehl, vielleicht sogar ein wenig Trauer und Enttäuschung.

Hermann verließ den Raum mit dem bitteren Geschmack einen väterlichen Freund verloren und einen Freund gewonnen zu haben, den er nie haben wollte.

*„Auf ein Wort, mein Lieber!"*

Obersturmbannführer Hehn hatte vor der Tür auf Hermann gewartet. Er nahm den Major beim Arm und zog ihn auf die Seite.

*„Ich denke, wir verstehen uns"*, begann der Obersturmbannführer seine kurze Ansprache. *„Die Abteilung von Oberst Kleinschmidt ist ein einziger Sauhaufen. Es wird Zeit, dass da mal ausgemistet wird. Finden Sie nicht auch?"*

Der Major befand sich nun in einer argen Zwickmühle. Er wollte seinen Vorgesetzten nicht hinhängen; aber er wollte auch den Mann von der SS nicht verprellen.

Also beschloss er weder das eine noch das andere zu tun. Er nickte ganz leicht mit dem Kopf, als wolle er über das Gesagte nachdenken.

„*Was halten Sie davon mit mir zusammen zu arbeiten?*", fragte der Obersturmbannführer.

Damit war die Falle zugeschnappt. Dem Major war sehr wohl bekannt, dass es nicht ratsam wäre, sich mit einem ranghohen SS-Mann anzulegen.

„*Wie meinen Sie das?*", fragte Hermann vorsichtig.

„*Das weiß ich noch nicht, mein Lieber*", antwortete der Obersturmbannführer, „*da muss ich erst noch darüber nachdenken. Aber wir bleiben in Verbindung.*"

Der Obersturmbannführer verabschiedete sich mit einem zackigen „Heil Hitler", und Hermann war erst einmal vom Haken.

*****

An der Tür des <Tartuffe> hing ein Schild mit der Aufschrift <Geschlossene Gesellschaft>.

Als Jaques mit Franziska eintraten, staunten sie nicht schlecht. Wo am Vortag noch einzelne Tische Standen, war jetzt eine lange Tafel aufgebaut.

Und an der Tafel saßen viele Personen, die sich angeregt unterhielten.

„*Kommt nur herein, meine Freunde*", empfing Roger die Ankömmlinge und begrüßte sie in französischer Manier mit Kuss auf beide Wangen.

„*Écoutez!*", rief er in die Gästeschar, „*das ist Jaques, der Sohn von <Suisse> und Amélie, begleitet von seiner charmanten Gattin Franziska.*"

Die Anwesenden erhoben sich von ihren Stühlen und heftiger Applaus setzte ein.

Jaques war völlig überrascht von dem Empfang. Mit dem hatte er überhaupt nicht gerechnet. Eine festlich geschmückte Tafel und eine große Gästeschar, von denen er nicht einen einzigen kannte.

Es waren alles jüngere Leute, ausgenommen eine ältere Dame, welche Jaques ein tiefes Lächeln entgegenbrachte.

„*Du siehst deinem Vater sehr ähnlich*", sagte sie und fuhr dabei zärtlich über die Wange von Jaques.

Roger war hinzugetreten und sagte:

„*Das ist Manon, das einzig noch lebende Mitglied aus der damaligen Gruppe.*"

Jaques schaute in das Gesicht von Manon, in welches die Vergangenheit tiefe Spuren gezeichnet hatte. Einzig die Augen sprühten vor Lebendigkeit.

„*Ich war damals sehr verliebt in deinen Vater*", sagte sie plötzlich, „*er aber nicht in mich...*"

Jaques fühlte sich etwas verunsichert, als er das hörte. Er hatte den Eindruck etwas erwidern zu müssen, wusste aber nicht was.

Die kleine, alte Dame tat ihm leid und er wünschte, er könnte etwas tun, um ihr seine Sympathie zu bekunden.

*„Er war damals ganz vernarrt in Amélie; ich hatte überhaupt keine Chance"*, fuhr Manon fort, *„aber, wenn ich mir dich so ansehe, dann war es wohl gut so."*

Manon lächelte, als sie dies sagte, und Jaques konnte nicht umhin ihr einen langen Kuss auf die Stirn zu drücken.

Es war ein berührendes Bild. Die zierliche Manon, mit ihrer kindlichen Gestalt und der große Jaques, der vor ihr stand und sich zu ihr hinunterbeugte, um ihr einen Kuss zu geben.

Die anderen Gäste, welche das Schauspiel mitverfolgt hatten, begannen erneut zu applaudieren.

*„So, jetzt ist es aber genug"*, sagte Roger scherzend, *„setzt euch bitte nieder, damit wir mit dem Essen beginnen können."*

Claude, der Sohn von Roger hatte für das leibliche Wohl der Gäste gesorgt. Normalerweise arbeitete er als Chefkoch in einem Restaurant in der Innenstadt; aber heute folgte er der Bitte seines Vaters für seine Gäste feinste Speisen zuzubereiten.

Und dann wurde getafelt. Roger hatte einen Akkordeonspieler engagiert, der im Hintergrund bekannte französische Chansons wiedergab.

Nach dem Essen machte Roger seine deutschen Gäste mit den Anwesenden bekannt, welch eine Gemeinsamkeit hatten: Sie waren alle Nachkommen oder Freunde der damaligen Gruppe aus der Resistance.

*****

Major Hermann vorm Walde hatte Amélie darauf hingewiesen, dass ein gewisser Obersturmbannführer, namens Oskar Hehn, verstärkt Jagd auf sie machen würde. Er bat sie noch vorsichtiger als sonst zu sein.

*„Mach dir keinen Kopf, chérie"*, hatte sie ihm darauf geantwortet, *„dieser Folterknecht wird uns schon nicht erwischen."*

Es war gerade die Sorglosigkeit von Amélie, welche Hermann in hohem Maße ängstigte.

*„Bitte, versprich mir, dass du vorsichtig sein wirst"*, hatte Hermann ihr darauf geantwortet, und Amélie sagte in ihrer flapsigen Art: *„Bien sure, chérie!"*

Als Hermann das Café betrat, waren alle anwesend außer Amélie. Ihm fiel sofort die gedrückte Stimmung auf.

*„Wo ist Amélie?"*, fragte er besorgt.

*„Wir wissen es nicht"*, antwortete Manon.

*„Die kommt sicher etwas später"*, sagte Pierre. *„Setzt dich erst einmal und trink etwas."*

Als Stunde um Stunde verging, ohne dass Amélie erschien, sagte Hermann:

*„Da muss etwas passiert sein; ich spüre das."*

*„Mach dich nicht verrückt, Suisse"*, sagte Pierre, *„Amélie kann gut auf sich aufpassen. Die kommt noch, du wirst schon sehen."*

Seit diesem Abend waren mehrere Tage vergangen.

Als es an der Tür klopfte, machte Hermann in der Hoffnung, es wäre Amélie, die Tür seiner Wohnung auf. Aber es war nicht Amélie, die vor der Tür stand; es war Pierre.

Hermann zog den unerwarteten Besucher rasch ins Zimmer hinein, hielt ihn an seinen Armen fest und fragte ihn aufgeregt:

*„Woher hast du meine Adresse? Hat dich Amélie geschickt?"*

„*Bleib ruhig, Suisse*", antwortete Pierre, „*ich erzähle dir gleich alles. Aber jetzt lass mich erst einmal los.*"

Hermann ließ Pierre los und bot ihm einen Platz an.

„*Es ist etwas passiert*", begann Pierre mit bitterer Mine, „*Amélie hat es erwischt. Und was deine Frage betrifft, woher ich deine Adresse habe, so weiß ich alles über dich. Auch dass du ein deutscher Major bist.*"

Hermann zuckte kurz zusammen; dann hörte er Pierre weiter zu.

„*Die Künstlerrunde, die du jedes Mal im Café antriffst, besteht ausschließlich aus Mitgliedern der Resistance.*"

„*Auch Manon?*", unterbrach Hermann.

„*Auch Manon*", antwortete Pierre.

„*Und was ist mit Amélie?*", fragte Hermann, „*was heißt, sie hat es erwischt?*"

„*Die Deutschen haben ihrer Gruppe eine Falle gestellt, und Amélie wurde angeschossen.*"

„*Und wie geht es ihr?*", fragte Hermann, „*ist sie schwer verletzt?*"

„*Das weiß ich nicht*", antwortete Pierre, „*die Deutschen haben sie mitgenommen.*"

„*Um Himmel Willen*", entfuhr es Hermann, und dann sagte er zu Pierre:

„*Aber das kann doch überhaupt nicht sein; ich habe Amélie doch immer rechtzeitig gewarnt.*"

„*Dieses Mal anscheinend nicht*", antwortete Pierre.

Hermann sackte in sich zusammen. Pierre nahm ihn in den Arm und sagte:

„*Es wird schon alles gutgehen. Amélie ist schließlich eine Frau und kein Mann.*"

„*Diesen Unterschied kennt Obersturmbannführer Hehn nicht*", sagte Hermann.

„*Du kennst diesen Mann?*", fragte Pierre.

„*Leider*", antwortet Hermann, „*nur dass das kein Mann ist, sondern eine Bestie in Menschengestalt.*"

„*Was sollen wir machen?*", fragte Pierre.

„*Ihr gar nichts*", antwortete Hermann. „*Ich werde meine Amélie herausholen; ich weiß nur noch nicht wie.*"

*****

Jaques hatte eine unruhige Nacht hinter sich. Es war wieder einer seiner schlimmen Migräneattacken, die ihn heimgesucht hatten.

*„Es wird besser sein, wir bleiben heute im Hotel",* sagte Franziska beim Frühstück.

*„Auf gar keinen Fall",* antwortete Jaques, *„ich habe wohl gestern etwas zu viel auf die Erinnerungen an die Vergangenheit angestoßen."*

*„Tut es dir leid?",* fragte Franziska.

*„Nein",* antwortete Jaques, *„es hat mir meine toten Eltern wieder ein kleines Stück nähergebracht."*

*„Trotzdem wäre es klug heute etwas kürzer zu treten",* sagte Franziska.

*„Das machen wir auch, mein Liebling",* entgegnete Jaques, *„wir nehmen heute den Bus und machen eine <Paris L'Open Hop-on-Hop-off-Tour>."*

Eine gute Stunde später saßen sie auf dem Dach des Doppeldeckerbusses und besahen einige der schönsten und interessantesten Sehenswürdigkeiten von Paris:

La Madeleine, die Opera, den Louvre, die Kathedrale Notre Dame, Saint-Germain-des-Prés, das Musée d'Orsay, den Place de la Concorde, die Champs Elysées, den Triumphbogen, das Trocadéro, den Eiffelturm und den Invalidendom, die letzte Ruhestätte des Kaisers Napoléon.

Erste Haltestation war der Louvre. Als sie jedoch die endlose Menschenschlange von wartenden Touristen sahen, begnügten sie sich an einem der vielen Wasserbecken im Innenraum des Louvre niederzusitzen und die Sonne zu genießen.

Danach stiegen sie wieder in einen der Busse, die zu ihrer Route gehörten und fuhren bis zur Kathedrale Notre Dame.

*„Ist das nicht fantastisch?"*, fragte Jaques, als sie vor der imposanten gotischen Fassade der Kirche standen.

*„Es ist überwältigend"*, antwortete Franziska. *„Können wir hineingehen?"*

*„Aber ja, mein Liebling"*, antwortete Jaques, *„*wenn du das möchtest.*"*

*„Das ist ja riesengroß"*, sagte Franziska voller Erstaunen, als sie im Inneren der Kirche waren.

*„Muss es ja auch"*, entgegnete Jaques, *„es braucht schon ordentlich Platz, wenn 10.000 Personen hineinpassen sollen."*

Sie ließen sich vom Strom der Besucher mitführen. Als sie an einem Seitenaltar angelangt waren, wiederholte Franziska das Kerzenzeremoniell von vergangener Woche: 3 Kerzen für ihre Lieben.

Die restliche Zeit der Fahrt beließen sie es dabei die Sehenswürdigkeiten vom Bus aus zu bestaunen und zu fotografieren.

Als sie am Ende der Tour angelangt und ausgestiegen waren, hatte Jaques noch eine Überraschung für Franziska bereit.

Er führte sie in die <Galerie Lafayette>, welche in unmittelbarer Nähe zum Ausgangspunkt ihrer Busfahrt liegt.

Es ist das Stammhaus einer großen, französischen Warenhauskette und ist eines der ältesten Kaufhäuser Frankreichs. Das Bemerkenswerte ist zweifellos die Jugendstilarchitektur.

Franziska kam aus dem Staunen gar nicht mehr heraus. Eine unübersehbare Fülle von Waren jeglicher Art machte sie sprachlos.

Jaques führte sie zu einem Stand mit Düften aus aller Welt.

*„Ich möchte dir eine schöne Erinnerung an Paris schenken"*, sagte Jaques und zur Verkäuferin gewandt:

*„Haben Sie Parfum der Marke <Soir De Paris>?"*

*„Ja, mein Herr"*, antwortete die junge Frau.

*„Bitte reichen Sie meiner hübschen Begleiterin eine Duftprobe!"*, sagte Jaques, und die Verkäuferin tat, worum sie gebeten wurde.

Franziska schloss ihre Augen und sog den Duft des Parfums langsam und genüsslich in ihre Nase auf.

*„So etwas Himmlisches habe ich noch nie gerochen"*, sagte sie dann, und ihr Blick bestätigt es.

Die junge Verkäuferin hatte zwar nicht verstanden, was die Dame auf Deutsch gesagt hatte; aber die leuchtenden Augen von Franziska besagten alles.

Als Jaques ihr das Flacon – hübsch und geschmackvoll eingepackt – überreichte, fiel sie ihm um den Hals und küsste ihn.

*„Du lernst schnell dazu"*, sagte Jaques in Anspielung auf die sonst übliche Zurückhaltung von Franziska.

*„Das macht der Zauber von Paris, mein Liebling"*, antwortet Franziska und gab Jaques zur Bekräftigung ihrer Aussage noch einen langen Kuss.

Die Verkäuferin wünschte den Beiden noch einen wunderschönen Aufenthalt und „Bonne chance", was nicht zuletzt auf das üppige Trinkgeld von Jaques zurückzuführen war.

*****

Als Major Hermann vorm Walde in seine Dienststelle kam, lief er direkt dem Obersturmbannführer Hehn in die Arme.

*„Heil Hitler, mein Freund!"*, begrüßte er Hermann überschwänglich, und Hermann hob seinen Arm wortlos wie ferngesteuert – entgegen all seiner bisherigen Gewohnheit - ebenfalls in die Höhe.

*„Was sagen Sie, vorm Walde"*, begann er seine Selbstbeweihräucherung, *„endlich hatten wir wieder Erfolg. Wir haben dieses sogar Mal eine Frau im Netz."*

Seine Augen funkelten vor Freude, während Hermann gegen eine aufkommende Übelkeit ankämpfen musste. Er zwang sich gute Miene zum bösen Spiel zu machen und sagte:

*„Glückwunsch, Obersturmbannführer!"*, und fügte feixend hinzu:

*„Jetzt müssen die Franzmänner sogar schon Frauen an die Front schicken."*

*„Es handelt sich sogar um ein ganz besonders hübsches Exemplar."*

Hermann hätte laut hinausschreien wollen; beherrschte sich aber mit aller Kraft.

*„Haben Sie die Dame schon in die Mangel genommen?"*, fragte er stattdessen.

„*Leider nein, mein Freund*", antwortete der Obersturmbannführer, „*das Vögelchen hat bei der Festnahme einen Flügel verloren und muss erst verarztet werden.*"

Hermann ahnte Schreckliches, stellte sich aber dumm und fragte:

„*Das verstehe ich nicht, Obersturmbannführer...*"

„*Sie wurde angeschossen und liegt im Heereskrankenhaus*", antwortete der SS-Scherge, „*aber in ein paar Tagen, da gehört sie mir. Und dann werde ich das Vögelchen schon zum Singen bringen.*"

Hermann hätte dem grinsenden Obersturmbannführer am Liebsten ins Gesicht geschlagen, und er hatte große Mühe sich zu beherrschen.

„*Dann wünsche ich Ihnen jetzt schon viel Erfolg, Obersturmbannführer*".

Mit diesen Worten entfernte sich Hermann von einem Mann, der eine Mutter zuhause hatte, die ihn unter Schmerzen geboren hatte, der vielleicht sogar eine eigene Familie hatte, und an dem überhaupt nichts Menschliches war.

*****

„Heute ist unser letzter Tag in Paris", sagte Jaques, als er mit Franziska beim Frühstück saß.

„Ich weiß, mein Liebster", antwortete Franziska, „und ich werde dir nie genug für diese wunderbaren Tage danken können."

„Da wäre ich mir gar nicht so sicher", antwortete Jaques mit einem verschmitzten Lächeln.

„Wie meinst du das?", fragte Franziska.

„Das sage ich dir später", antwortete Jaques, „jetzt lass uns erst einmal kräftig frühstücken, denn wir haben einen anstrengenden Tag vor uns."

„Aber nicht, dass es für dich zu viel wird", kam der spontane Einwand von Franziska.

„Nein, mein Schatz", antwortete Jaques, „das wird es ganz sicher nicht. Aber vielleicht wird es ein ganz besonderer Tag für uns beide."

Franziska sah Jaques fragend an, sie wusste jedoch, dass sie keine Antwort bekommen würde. Stattdessen fragte sie ihn nach dem Parfum.

„Ich habe bis gestern nichts gewusst von der Existenz dieses Parfums, wieso gerade dieses? Hat es irgendeine Bewandtnis damit?"

„Ja", antwortete Jaques, „es war das Lieblingsparfum meiner Mutter."

*„Dann freut es mich umso mehr, dass du mir es geschenkt hast"*, sagte Franziska, *„ich mag es sehr."*

Nach dem Frühstück fuhren die beiden mit der Bahn RER C bis Station Versailles Chantierts, und dann gingen sie langsam weiter zum Schloss.

Jaques hatte schon durch den Concierge im Hotel per Internet Eintrittskarten besorgen lassen, und so konnten sie – ohne Wartezeiten – direkt mit der Besichtigung beginnen.

Der Anblick der Schlossanlage lockte bei Franziska große Begeisterung hervor.

*„Ich hätte nie gedacht, dass ich einmal hier stehen würde. Es ist wie ein Traum; alles ist wie ein Traum. Ich komme mir fast wie eine Prinzessin vor."*

Franziska erschrak über den letzten Zusatz und sagte:

*„Ich benehme mich schrecklich albern; nichtwahr?"*

*„Aber nein"*, antwortete Jaques, *„überhaupt nicht. Du bist eine Prinzessin. Nein, du bist meine Königin, meine <Reine du coeur>".*

*„Was heißt das?"*, fragte Franziska.

*„Meine Herzenskönigin"*, antwortet Jaques.

Franziska errötete leicht und sagte:

*„Du bist so lieb; vielen Dank!"*

Und dann gaben sie sich der Pracht von Versailles hin. Raum um Raum, Möbel um Möbel und Bild um Bild.

Als sie in den Spiegelsaal kamen, sagte Jaques:

*„In diesem Raum wurde am 18. Januar 1871 Wilhelm I. zum Deutschen Kaiser gekrönt.*

*Deutsche Truppen marschierten damals in Paradeuniform hinter Musikzügen rings um das Schloss auf.*

*Dann richteten Abordnungen der deutschen Regimenter ihre in Schlachten zerfetzten Fahnen zu einem bunten Wald empor.*

*In der Mitte des Saales war ein Altar aufgebaut, wo Militärgeistliche einen Gottesdienst abhielten, bei welchem am Ende der Choral <Nun danket alle Gott> gesungen wurde."*

*„Das schmerzt die Franzosen wohl noch heute"*, sagte Franziska.

*„Mag sein"*, antwortete Jaques, *„aber das ist alles schon so lange her, und das deutsch-französische Verhältnis hat sich in den letzten Jahren schon sehr verbessert."*

„*Wir sind ja auch ein deutsch-französisches Ver-hältnis*", scherzte Franziska, „*und bei uns funktionier-te es.*"

„*Sehr sogar*", antwortete Jaques lachend.

Als sie hinaus in den Schlosspark traten, führte Jaques Franziska in das Zentrum der monumentalen Anlage, zum <Brunnen des Apollo>, dem griechischen Gott des Lichtes, der Dichtkunst und der Musik.

Jaques griff in seine Tasche und holte ein kleines Etui hervor. Dann kniete er vor Franziska nieder, entnahm dem Etui einen Ring und hielt ihn Franziska entgegen.

„*Möchtest du meine Frau werden, liebste Franziska?*"

Franziskas Herz begann wie wild zu rasen. Ein leichter Schwindel ergriff sie, und sie befand sich bedrohlich nahe einer Ohnmacht.

„*Ich wäre dir für eine zeitnahe Antwort sehr dankbar*", sagte Jaques, „*in meinem Alter ist längeres Knieen nicht sehr bekömmlich.*"

Franziska sah zu Jaques hinunter, und allmählich realisierte sie die Frage des vor ihr Knieenden.

„*Ja*", sagte sie dann mit leiser Stimme, und Jaques fragte:

„*Bist du dir auch wirklich sicher?*"

„*Ja*", wiederholte Franziska ihre Antwort; nur dieses Mal mit lauter, fester Stimme.

„*Jetzt bin ich aber froh*", antwortete Jaques, „*dann kann ich ja wieder aufstehen.*"

Franziska reichte Jaques die Hand, und als er wieder auf seinen zwei Beinen stand, fiel sie ihm um den Hals und küsste ihn.

„*Werde ich dann Französin*", überraschte sie Jaques.

„*Wenn du das möchtest*", antwortete Jaques, und dann steckte er Franziska den Ring an.

„*Der ist wunderschön*", sagte Franziska und Jaques antwortete:

„*Genau wie du.*"

„*Und wann heiraten wir?*", fragte Franziska, die sich überraschend schnell in ihre zukünftige Rolle hineinversetzt hatte.

„*Heute Nachmittag, mein Liebling.*"

Jetzt drohte Franziska tatsächlich in eine Ohnmacht zu verfallen.

„*Aber das geht doch gar nicht*", sagte sie erregt, „*ich habe doch gar keine Papiere dabei.*"

„*Doch*", antwortete Jaques, „*das hast du.*"

Nun verstand Franziska überhaupt nichts mehr. Jaques befreite sie aus ihrer Unwissenheit, indem er sagte:

*„Ich habe alle wichtigen Dokumente fürsorglich beschaffen lassen".* Und bevor Franziska fragen konnte, wie das ohne ihr Beisein möglich gewesen sei, antwortete Jaques:

*„Es muss ja auch Vorteile haben, wenn man ein Konsul ist."*

*„Und was ist mit Trauzeugen?",* fragte Franziska.

*„Die haben wir auch",* antwortete Jaques. *„eine gewisse Marianne Freimuth und ein Monsieur Roger."*

*„Marianne?",* drang es mit großer Heftigkeit aus Franziska, *„woher kennst du Marianne?"*

*„Ich kenne sie überhaupt nicht; aber der Concierge, dein netter Kollege. Er hat sie heute Morgen in den Flieger gesetzt, und jetzt wird sie wohl schon in unserem Hotel sein."*

*„Du bist verrückt",* sagte Franziska, die gerade große Mühe hatte all die Neuigkeiten zu verdauen.

*„Und wann ist die Hochzeit?"*

*„Um 18:00 Uhr",* antwortete Jaques, *„deshalb müssen wir jetzt auch allmählich zurück zum Hotel."*

*„Ich habe ja überhaupt nichts anzuziehen"*, stellte Franziska entsetzt fest.

*„Da kann ich dich beruhigen"*, antwortete Jaques, *„deine Kleidergröße weiß ich von Marianne, und im Hotel erwartet dich eine kleine Auswahl Pariser Haute Couture."*

*„Ich glaube, ich verliere gleich den Verstand"*, sagte Franziska.

*„Besser nicht"*, entgegnete Jaques, *„du musst später noch JA sagen können."*

Nach einer kurzen Pause fuhr er fort:

*„Ich habe eine Bitte an dich. Ich weiß, dass jede Frau von einem weißen Brautkleid träumt; ich habe aber für dich keines bestellt. Ich kann nur hoffen, dass du mir deshalb nicht böse bist."*

*„Aber nein"*, antwortet Franziska, *„im Gegenteil. Ich hätte gar kein weißes Kleid gewollt. Das ist etwas für ganz junge Frauen, und zu denen gehöre ich ja nicht mehr."*

*„Da fällt mir ein rechter Stein vom Herzen"*, sagte Jaques und gab Franziska einen Kuss. *„Jetzt aber schnell zurück ins Hotel!"*

\*\*\*\*\*

Major Hermann vorm Walde hatte sich bei Generalmajor Hasso von Stülpnitz einen Termin geben lassen. Als er in das Zimmer des Generals eintrat, kam dieser ihm mit den Worten entgegen:

*„Mein lieber Hermann, es ist schön dich zu sehen."*

*„Vielen Dank, Herr General"*, antwortete Hermann mit einer leichten Verbeugung.

*„Nicht so förmlich, junger Mann"*, antwortete der General mit einem gönnerhaften Lächeln, *„schließlich kenne ich dich schon, seit du in den Windeln lagst."*

Hasso von Stülpnitz war ein Kriegskamerad von Hermanns Vater. Sie hatten zusammen im ersten Weltkrieg gedient, und während der junge Fähnrich von Stülpnitz diesen Krieg heil überstanden hatte und jetzt als General wieder in den Krieg ziehen musste, saß Hermanns Vater zuhause, weil er im ersten Krieg wegen einer Kopfverletzung durch einen Granatsplitter das Augenlicht verloren hatte.

*„Wie geht es meinem alten Freund?"*, fragte der General.

*„Nicht so gut, Onkel Hasso"*, antwortete Hermann, der den General von Kindesbeinen an so genannt hatte, *„ich denke, er wäre gern dabei bei diesem Krieg."*

*„Da bin ich mir nicht so sicher, mein Junge"*, antwortete Hasso von Stülpnitz, *„kein Krieg ist wirklich schön; aber dieser Krieg hat eine sehr hässliche Frat-*

ze und sein oberster Feldherr ist offenkundig dem Wahnsinn verfallen."

Hermann zuckte zusammen. Was er da gerade gehört hatte, war Hochverrat und wäre unweigerlich das Todesurteil für den General, würde es an falsche Ohren gelangen.

Der General unterbrach die Gedanken seines Besuchers und fragte:

„Was ist eigentlich der Grund deines Besuches, mein Lieber?"

Dann erzählte Hermann von seiner großen Liebe, von seinem Verrat, und von seiner unsäglichen Angst Amélie zu verlieren.

Hasso von Stülpnitz sah Hermann lange an, bevor er etwas sagte, und Hermann begann daran zu zweifeln, ob es denn wirklich eine so gute Idee war, den alten Freund seines Vaters zu behelligen.

„Mein lieber Junge", begann der General, „das ist ja eine schlimme Geschichte, die du mir da auf den Tisch gelegt hast."

„Es tut mir leid", entgegnete Hermann, „es ist wohl besser, ich gehe wieder."

„Hiergeblieben Soldat", sagte der General, „nur Feigling kneifen, wenn es schwierig wird."

Diese Bemerkung erinnerte Hermann an eine Geschichte aus seiner Kindheit. Onkel Hasso war wieder einmal zum Kaffee bei Hermanns Eltern.

Als Hermann aus Versehen einen Ball in Richtung Kaffeetisch schoss, und genau die Tasse von Onkel Hasso traf, wollte er sich aus dem Staub machen.

Und so viele Jahre später sagte der Mann, vor dem er jetzt gerade stand, genau diesen Satz.

*„Wir werden eine Lösung finden, mein Junge",* sagte der General, *„ich muss aber erst einige Fäden ziehen. Komm morgen wieder, dann sehen wir weiter."*

Hermann wurde von einem heftigen Weinkrampf ergriffen. Er stand da wie ein kleiner Junge. Hasso von Stülpnitz musste an das Ereignis mit dem Ball von damals denken.

Da stand der kleine Hermann auch vor ihm mit schlotternden Knien und Tränen in den Augen. Und damals sagte er zu dem Jungen:

„Ein Soldat weint nicht".

Dieses Mal verzichtete er darauf und umarmte stattdessen den Major mit den Worten:

*„Alles wird gut, mein Junge; du wirst schon sehen."*

*****

Die beiden Frauen fielen sich um den Hals.

*„Wann bist du gekommen?"*, fragte Franziska ihre beste Freundin, und Marianne antwortete:

*„Vor einer knappen Stunde. Am Empfang hat man mir gleich einen Brief mit genauen Instruktionen gegeben."*

*„Das war mein Konsul, der verrückte Kerl"*, sagte Franziska mit leuchtenden Augen. *„Ich bin schon sehr gespannt, wie er dir gefällt."*

*„Das weiß ich jetzt schon"*, antwortete Marianne, *„ein Mann, der mein Dornröschen aus ihrem Schlaf wachgeküsst hat, das muss schon ein ganz besonderes Exemplar sein."*

*„Das ist er"*, sagte Franziska, *„ich bin verliebt wie ein Teenager."*

*„Wir sollen in dein Zimmer gehen, steht in meinen Anweisungen"*, sagte Marianne.

*„Dann lass uns das so machen"*, antwortete Franziska und stieg mit Marianne in den Lift.

Als sie in Franziskas Zimmer gingen, wurden sie bereits erwartet. Ein nicht mehr ganz junger Herr stand vor einem Gestell mit diversen Kleidern und begrüßte die Eintretenden mit einem galanten Handkuss.

*„Bonjour, Mesdames, ich bin Monsieur Presac und stehe zu Ihren Diensten."*

Dann wies er auf einen Teil der Kleider hin und sagte in gut verständlichem Deutsch:

*„Champagner, mint, rosé oder flieder, Madame?"*

*„Was meinst du, Marianne?"*, fragte Franziska die Freundin, und bevor diese antworten konnte, sagte Monsieur Presac:

*„Meine Empfehlung geht zu <flieder>, Madame; es unterstreicht Ihren Teint auf das Vortrefflichste."*

Marianne, die alle Mühe hatte ernst zu bleiben, pflichtete dem Experten in Sachen Mode bei.

*„Dann möchte ich Sie bitten hineinzuschlüpf, Madame, damit ich machen kann peut-être ein Korrektür."*

Jetzt hielt es Marianne nicht mehr. Ein kleiner Lacher entschlüpfte ihr, was der Vertreter der Haute Couture geflissentlich überging.

Als Franziska das Kleid übergestreift hatte und sich im Spiegel betrachtete, glühten ihre Wangen. Der Traum in flieder war so schön, dass auch Marianne nicht umhin konnte ihre Begeisterung auszudrücken.

*„Du siehst aus wie eine Prinzessin"*, sagte sie begeistert, und Franziska antwortete:

*„Und genauso fühle ich mich auch."*

Franziska zog das Kleid, das wie eine zweite Haut passte, wieder aus und sagte zu Marianne:

*„Jetzt führe ich dich zu meinem Märchenprinzen."*

Sie wollte gerade mit Marianne das Zimmer verlassen, als Monsieur Presac sagte:

*„Un moment, Madame Marianne, Sie müssen noch probier."*

Während er das sagte, deutete Monsieur Presac auf die anderen Kleider auf der Stange hin, welche abgesondert von den Brautkleidern hingen.

*„Für mich?"*, fragte Marianne völlig überrascht.

Monsieur Presac nickte kurz mit dem Kopf, und Franziska sagte:

*„Mein Märchenprinz denkt halt an alles."*

Marianne wählte ein Kleid in champagner, um sich farblich dezent zu präsentieren. Schließlich war das nicht ihr Tag, sondern der große Tag ihrer besten Freundin.

Danach gingen die beiden Frauen hinunter ins Foyer, um sich dort mit Jaques zu treffen.

Jaques begrüßte Marianne mit den Worten „*Sie gestatten*" und einem Kuss rechts und links auf die Wange und bestellte beim Ober Champagner.

„*Ich möchte mich ganz herzlich dafür bedanken, dass Sie gekommen sind und dass Sie das Spiel mitgespielt haben*", sagte Jaques zu Marianne gewandt, und Franziska fügte hinzu:

„*Es ist so schön, dass du da bist, und dass du meine Trauzeugin bist. Und jetzt trinkst du mit meinem Liebsten auf DU, wenn ich bitten darf.*"

Marianne und Jaques kamen Franziskas Aufforderung gern nach, und nur ein wenig später fuhren sie mit dem Auto zum Standesamt.

Roger, der zweite Trauzeuge hatte – auf die Bitte von Jaques – einen Citroën DS gemietet und mit Blumen schmücken lassen.

Als Franziska das Auto sah, leuchteten ihre Augen.

„*Das ist ja wunderbar*", schwärmte sie voller Entzücken und zu ihrer Freundin sagte sie:

„*Mit einem so wunderschönen Auto hat alles begonnen.*"
Marianne sah Franziska fragend an, musste sich aber mit der Bemerkung begnügen:

„*Ich werde dir das alles später noch ausführlich erzählen.*"

Der Chauffeur öffnete die Türen und Franziska und Jaques stiegen ein. Marianne stieg zu Roger in das zweite Fahrzeug. Es war ein Peugeot und gehörte Roger.

Die Trauung war ein sehr berührender Moment. Im Beisein der Gäste – es waren dieselben wie am Abend in Rogers Café – gaben sich Franziska und Jaques das Jawort.

Anschließen wurde gefeiert. Roger hatte in dem Restaurant, in welchem sein Sohn Claude Chefkoch war, einen Saal gemietet, der groß genug war, dass man auch darin tanzen konnte.

Nach dem fulminanten Essen, speziell von Claude zusammengestellt, wurde ein alter französischer Brauch vollzogen. Er heißt: Strumpfband versteigern.

Ninette, die Frau von Roger hatte Franziska darauf hingewiesen.

Die Braut stellt sich inmitten der Hochzeitsgesellschaft und beginnt zu tanzen. Während sie tanzt schiebt sie ihren Rock ganz langsam immer höher, jedoch nicht ohne Gegenleistung.

Für jeden Zentimeter mehr Bein bieten die Männer Geld, während die Frauen dagegen bieten. Das Spiel endet, wenn das Strumpfband zu sehen ist, dass der Meistbietende dann, unter dem Applaus der Gäste, zugeworfen bekommt.

Franziska hatte sich sofort für diesen Brauch begeistern lassen. Und nun stand sie mitten im Saal und begann zu tanzen. Die Gäste begleiteten ihre Darbietung mit Klatschen und Zurufen.

Dann fing das Bieten an, und Franziska schob ihren Rock - peu á peu - genüsslich in die Höhe. Als das Strumpfband dann zu sehen war, stand der Meistbietende fest. Es war Roger, der diese Trophäe unbedingt haben wollte.

Franziska nahm das Strumpfband ab und übergab es an Roger, begleitet von einem Kuss.

*„Ich danke dir für alles",* sagte sie, *„du hast einen ganz besonderen Platz in meinem Herzen."*

Roger nickte, denn sprechen fiel ihm gerade schwer. Er hatte Tränen in seinen Augen, und er umarmte Franziska voller Herzlichkeit.

Dann wurde getanzt und gelacht. Beinahe jeder männliche Gast bat Franziska um einen Tanz. Und Franziska sagte jedem zu.

Es hatte den Eindruck, sie wolle all die Lebensfreude, welche sie in den vielen, zurückliegenden Jahren entbehrt hatte, an einem einzigen Abend nachholen.

Jaques sah ihr zu und Marianne bestätigte den Eindruck mit den Worten:

*„Ich kenne Franziska schon so lang; aber ich habe sie noch nie so glücklich gesehen."*

Die Feier dauerte bis lange nach Mitternacht. Und als Jaques die frisch vermählte Frau vorm Walde über die Schwelle des Hotelzimmers trug, sagte Franziska:

*„Ich bin todmüde. Können wir die Hochzeitsnacht auf morgen Früh verschieben?"*

*„Ja, mein Liebling"*, antwortete Jaques, *„dann fange ich jetzt schon damit an mich darauf zu freuen."*

Franziska zog sich aus und sank in ihr Bett. Jaques gab ihr noch einen Gutenachtkuss und ging dann ins Badezimmer.

Es war ihm nur recht, dass Franziska ihn um die Verlegung der Hochzeitsnacht gebeten hatte, zumal ihn gerade eine heftige Migräneattacke zu bedrohen begann.

Jaques nahm sein Medikament und legte sich kurz danach zu Franziska ins Bett.

Er sah sie an und lächelte.

*„Was für ein Glück"*, dachte er und dann schlief er ein.

\*\*\*\*\*

„*Zitieren Sie sofort Obersturmbannführer Hehn zu mir!*", schrie Oberst Kleinschmidt laut seinen Ordonanzoffizier an.

Er hielt ein Schriftstück in der Hand und sein Gesicht wies eine starke Rötung auf. Als wenig später der Obersturmbannführer vor ihm stand, wedelte er mit dem Schriftstück heftig hin und her.

„*Was hat das zu bedeuten?*", fragte er wütend den SS-Mann, immer noch wild mit dem Papier herumwedelnd.

„*Wie soll ich das wissen?*", schrie der Obersturmbannführer lautstrak zurück. „*Ich weiß ja noch nicht einmal, was drinsteht.*"

„*Haben Sie eine gewisse Amélie Dubois in Gewahrsam?*"

„*Nein*", antwortete der Obersturmbannführer mit etwas reduzierter Lautstärke und fügte hinzu:

„*Jetzt nicht mehr...*"

„*Was soll das heißen?*", polterte der Oberst weiter, „*haben Sie oder haben Sie nicht?*"

Es folgte eine kleine Bedenkpause; aber dann sagte der Obersturmbannführer:

„*Sie wurde befreit.*"

„*Wie, sie wurde befreit?*", sagte der Oberst, dessen Gegenüber sich nach und nach in eine Verteidigungsstellung zurückgezogen hatte.

„*Was hat das alles mit diesem Schreiben zu tun?*", wagte sich der Obersturmbannführer aus seiner Deckung heraus.

„*Das ist ein Schreiben der Resistance*", begann Oberst Kleinschmidt, „*und in dem steht, dass sie Major vorm Walde in ihrer Gewalt haben, und dass sie ihn erst freilassen werden, wenn dieses Fräulein Dubois unversehrt zu ihnen zurückgekehrt ist.*"

„*Was?*", entfuhr es dem Obersturmbannführer, „*die haben den Major entführt?*"

„*So steht es hier schwarz auf weiß*", antwortete der Oberst. „*Ich habe sofort nach ihm suchen lassen; auch in seiner Wohnung. Und die sieht aus wie ein Schlachtfeld. An der Entführung des Majors besteht nicht der geringste Zweifel.*"

„*Warum gerade Major vorm Walde?*", fragte der Obersturmbannführer, „*und nicht Sie?*"

„*Sind Sie vom Affen gebissen?*", sagte Oberst Kleinschmidt, und seine Stimme hatte wieder deutlich an Lautstärke zugenommen.

„*Ich meine ja nur*", antwortete der Obersturmbannführer, der sich gerade wieder ein Stück weit in sein Schneckenhaus zurückzog.

„*Und wissen Sie, was ich meine?*", sagte der Oberst. „*Das Leck, von dem Sie sprachen, das ist bei Ihnen und nicht in meiner Abteilung.*"

Der Obersturmbannführer zuckte zusammen. Diese Bemerkung schmerzte ihn; sehr sogar.

Der Oberst legte noch eine Schippe obendrauf:

„*Wenn Major vorm Walde irgendetwas zustößt, dann gnade Ihnen Gott. Schaffen Sie schleunigst diese Französin herbei, und jetzt gehen Sie mir aus den Augen!*"

Der Obersturmbannführer verließ den Raum wie ein geprügelter Hund. Und bei aller Betrübnis hatte er sogar seinen „Heil Hitler" – Gruß vergessen.

***** 

Ein paar Tage zuvor hatte General Stülpnitz seinen jungen Freund, Major vorm Walde, zu sich bitten lassen.

„*Setz dich bitte, mein Lieber*", sagte er bei der Begrüßung, „*ich weiß jetzt, wie wir Amélie befreien können.*"

Allein, dass Onkel Hasso den Namen Amélie benützte, ließ Hoffnung in Hermann keinem.

*„Noch heute am späten Abend wird ein Krankenwagen deine Amélie aus dem Krankenhaus abholen, um sie zu Obersturmbannführer Hehn zu bringen"*, sagte der General.

Und bevor der entsetzt dreinblickende Hermann etwas dazu sagen konnte, fuhr der General fort:

*„Das geschieht mit gefälschten SS-Papieren. Der Krankenwagen bringt sie natürlich nicht zum Obersturmbannführer, sondern zu einem kleinen Flugplatz etwas außerhalb.*

*Da wartet eine Maschine, die dich und Amélie in die Schweiz bringt. Von dort aus geht die Reise weiter in eine Privatklinik.*

*Sie gehört Professor Birngruber, einem alten Freund von mir. Amélie wird ihre Verletzung dort ausheilen, und was ihr danach macht, das ist dann eure Entscheidung."*

*„Aber was wird mit dir passieren, wenn das alles herauskommt?"*, fragte Hermann besorgt.

*„Gar nichts, mein Junge"*, antwortete der General lächelnd. *„Alle Beteiligten sind mir gegenüber loyal; auch der Pilot, der euch in die Schweiz bringt.*

*Er wird später sagen, dass er von Mitgliedern der Resistance mit vorgehaltener Waffe dazu gezwungen wurde. Und du wirst weiterhin unauffindbar sein."*

Dann erzählte der General von dem genialen Schachzug, dem Oberst den gefälschten Brief der Resistance zuzuspielen, damit weder er noch Hermann mit der Angelegenheit in Verbindung zu bringen wären.

Hermann war sprachlos. Der Plan war mehr als genial. So konnte er seine Amélie retten und mehr noch als das.

Sie würden vielleicht sogar die Möglichkeit erhalten irgendwo ein neues Leben beginnen zu können .

*„Du solltest deine Freunde in der Resistance einweihen"*, sagte Hasso von Stülpnitz abschließend, *„denn wenn die Bombe platzt, wird der Obersturmbannführer jeden Stein in Paris umdrehen, um nach Amélie zu suchen."*

*****

*„Guten Morgen, Frau vorm Walde!"*

*„Guten Morgen, mein lieber Gemahl!"*

Mit diesen Worten begrüßten sich Franziska und Jaques am Morgen nach der Hochzeit.

*„Hast du gut geschlafen, mein Liebling?"*, fragte Jaques, und Franziska antwortete:

*„Ich habe sehr gut geschlafen, und ich bin zu jeder Schandtat bereit."*

*„Zu jeder?"*, fragte Jaques spitzbübisch lächelnd.

*„Zu jeder, mein Herr und Gebieter"*, antwortete Franziska, *„verfüge über deine Dienerin, wie es dir beliebt."*

*„Das werde ich jetzt auch tun"*, sagte Jaques und vollzog das verschobene Hochzeitsnachtritual.

Franziska sog jede Zärtlichkeit von Jaques gierig in sich hinein. Ihr Körper bäumte sich auf unter seinem heftigen Begehren, und sie schrie wonnetrunken, als sie gemeinsam dem Höhepunkt entgegenströmten.

Als sie glückserfüllt nebeneinanderlagen, sagte Franziska:

*„Du hast mir die Tür zu einer Welt aufgestoßen, von der ich noch nicht einmal wusste, dass es sie gibt, und die ich nie mehr wieder verlassen möchte."*

*„Das musst du auch nicht, mein Liebling"*, antworte Jaques, *„aber jetzt brauche ich erst einmal ein kräftiges Frühstück. Du hast mich gerade all meiner Kräfte beraubt."*

Der Rückflug dauerte nur knappe 2 Stunden. Jaques war zuvor mit Franziska und Marianne noch in ein Café gegangen.

Das „Les Deux Magots" (frz. für "Die zwei Händler") ist ein berühmtes Pariser Café und Lokal im Bezirk St. Germain-des-Prés am Boulevard Saint-Germain.

*„Dieses Café war früher ein Treffpunkt berühmter Literaten"*, erklärte Jaques seinen beiden Damen, während sie die beiden hoch angebrachten, fast lebensgroßen und aufwendig gestalteten Sitzfiguren betrachteten.

*„Es waren Schriftsteller und Dichter wie Rimbaud und Verlaine"*, fuhr Jaques fort, *„und später auch andere Größen wie Simone de Beauvoir, Sartre, Hemingway, Camus und Picasso.*

*Alle saßen unter diesen hölzernen Herrn und tranken ihren Kaffee oder Pastis."*

*„Und heute sitzen wir hier"*, sagte Franziska, *„ein glückliches Ehepaar, zusammen mit der besten Freundin."*

Plötzlich ging die Tür auf und Roger trat an den Tisch.

*„Das Taxi ist da"*, sagte er lachend und begrüßte die Freunde.

„*Das ist aber eine schöne Überraschung*", sagte Franziska, „*es freut mich sehr, dass wir uns noch einmal sehen.*"

„*Die Freude ist ganz auf meiner Seite*", antwortete Roger, „*liebe Grüße von Ninette und den anderen.*"

Danach stiegen sie in Rogers Wagen und fuhren zum Flughafen.

„*Bon chance, mes amis et à bientôt!*", sagte Roger zum Abschied und umarmte die Freunde mit großer Herzlichkeit.

Ein letztes Winken und dann flog Franziska mit den beiden liebsten Menschen in eine glücksverheißende Zukunft, nichts ahnend von den dunklen Wolken, die schon bedrohlich am Horizont aufgezogen waren.

*****

Die Flucht von Hermann und Amélie verlief nach Plan. Als das kleine Flugzeug in Paris abhob, streichelte Hermann zärtlich über Amélies Gesicht.

Amélie lag neben ihm auf einer Tragbahre, eingehüllt in eine Decke und strahlte Hermann an. Es war deutlich erkennbar, dass sie Schmerzen hatte.

„*Sind Sie der Steward?*", fragte sie, „*dann bringen Sie mir ein Getränk, das zu mir passt.*"

Hermann ließ sich auf das Spiel ein und fragte:

„*An was haben Sie dabei gedacht, schöne Frau?*"

„*Eine Bloody Mary wäre wohl angebracht*", antwortete Amélie und hustete leicht dabei.

„*Sei still, du verrücktes Huhn*", antwortete Hermann, „*du darfst dich nicht zu sehr anstrengen.*"

„*Ach was*", antwortete Amélie, „*gib mir lieber einen Kuss, chérie!*"

„*Aber nur, wenn du mir versprichst, danach artig zu sein*", sagte Hermann und küsste Amélie auf die Stirn.

„*Merde*", kam die prompte Reaktion von Amélie, „*bist du mein grand-père? Gib mir sofort einen richtigen Kuss!*"

Hermann kam Amélies Aufforderung nach, was zu einem Hustenanfall führte.

„*Bist du jetzt zufrieden, du rebellisches Wesen?*", fragte Hermann leicht vorwurfsvoll.

„*Bien sure*", antwortete Amélie, „*das war es mir wert.*"

Und bevor Hermann darauf reagieren konnte, sagte sie noch:

*„Weck mich, wenn wir in Haiti sind. Ich schlafe noch ein bisschen."*

*„Wir fliegen in die Schweiz und nicht nach Haiti",* sagte Hermann, was Amélie aber nicht mehr hörte, denn sie war schon eingeschlafen.

Gute 2 Stunden später landeten sie auf einem kleinen Flughafen, außerhalb von Zürich. Ein Krankenwagen stand schon bereit, um die Fluggäste in die Privatklinik von Professor Urs Birngruber zu bringen.

*„Grüß Gott, Herr und Frau Steiner, und willkommen in unserer Klinik!"*

Mit diesen Worten begrüßte der Professor die Neuankömmlinge.

Es ging darum im Beisein des Klinikpersonals nicht die wahre Identität zu verwenden.

Als Hermann und Amélie später allein mit Professor Birngruber waren, teilte dieser ihnen ihre neue Vita mit:

*„Sie sind ab sofort Paul und Maria Steiner und sind Schweizer Bürger, bitte vergessen Sie das nicht. Und verwenden Sie Ihre neuen Vornamen solange Sie hier bei uns sind; auch wenn sie allein sind."*

*„Woher wissen Sie unsere zweiten Vornamen?"*, fragte Hermann erstaunt. Hermann hieß nach dem Vater mit zweitem Vornamen Paul, und Marie-Luise hieß die Großmutter von Amélie.

*„Von einem gemeinsamen Freund"*, antwortete der Professor. *„Und noch etwas: Wenn es Ihrer Frau besser geht, dann wird ein gewisser Herr Blümli vorbeischauen und Fotos von Ihnen machen.*

*Die braucht es für neue Ausweispapiere. Mit denen werden Sie dann weiterreisen, wenn es Frau Steiner wieder richtig gut geht.*

*Bis dahin halten Sie bitte die Füße still und nicht vergessen: Sie sind Herr und Frau Steiner. Und üben Sie das auch. Guten Tag und schönen Aufenthalt!"*

Mit diesen Worten verabschiedete sich der Professor, und sowohl Hermann als auch Amélie waren sich bewusst, dass sie sich an die Anweisungen des Herrn Professors halten müssen.

Denn sonst wäre nicht nur ihr Leben in Gefahr, sondern auch das ihres schweizerischen Helfers.

*„Grüezi mitenand, i bin d' Schwester Angelika."*

Mit diesen Worten brachte die Krankenschwester das Essen ins Zimmer. Da Maria strenge Bettruhe zu halten hatte, weil das vom Professor so angeordnet worden war, störte sich niemand daran.

Üblicherweise nahmen die Patienten ihre Mahlzeiten gemeinsam im Speisesaal ein, und dort wären sie notgedrungener Weise Konversationen ausgeliefert gewesen.

In der Krankenakte, die der Professor selbst angelegt hatte, war der Vermerk „Jagdunfall" als Grund für die Schussverletzung angegeben worden.

Das Krankenzimmer war recht geräumig. Es verfügte über zwei Betten, einem Tisch mit zwei Stühlen, einem kleinen Schreibtisch und einem eigenen Badezimmer.

Zwei große Fenster gaben einen Blick in den Park frei, der das Krankenhaus umsäumte. Sogar ein Radioempfänger war vorhanden, mit dem Maria und Paul mit der Außenwelt in Kontakt standen.

Der Professor schaute auch außerhalb der Visite vorbei, um sich über die Fortschritte von Maria zu erkundigen. Das geschah meistens später am Abend.

Einmal, Maria ging es schon sehr viel besser, brachte er eine Flasche Rotwein mit.

*„Das ist ein Cornalin aus dem Wallis",* sagte er, als er die Flasche entkorkte. *„Der gibt Kraft. Ich verordne Ihnen ein halbes Glas, liebe Frau Steiner; den Rest muss der Gatte mit mir trinken."*

\*\*\*\*\*

Jaques und Franziska waren wieder gut gelandet.

*„Jetzt gibt es einiges zu regeln"*, sagte Jaques, *„du brauchst neue Papiere mit dem geänderten Namen, und du musst dein Arbeitsverhältnis auflösen."*

Franziska zuckte leicht zusammen, als sie das hörte, und sie fragte zögerlich:

*„Muss das wirklich sein?"*

*„Aber ja, du heißt ja jetzt nicht mehr Franziska Heller"*, antwortet Jaques.

*„Das meine ich nicht"*, sagte Franziska.

Jetzt erst verstand Jaques ihre Frage.

*„Soll ich allein nach Haiti auf Hochzeitsreise fliegen?"*

*„Nach Haiti?"*, fragte Franziska überrascht.

*„Ja"*, antwortete Jaques, *„das wird schließlich deine neue Heimat werden."*

Die Überraschung von Franziska potenzierte sich gerade.

*„Soll das heißen, wir werden dort leben?"*, fragte sie.

„*Ja, mein Liebling*", antwortete Jaques, „*wir werden dort leben und uns lieben. Oder gefällt dir das nicht?*"

Franziska schluckte. Diesen dicken Brocken musste sie erst einmal verdauen.

„*Hält dich hier etwas oder geht es dir zu schnell?*", fragte Jaques.

Franziska musste an ihre Mutter denken, an all die Lieblosigkeiten und die Demütigungen, welche sie in den vergangenen, endlos langen Jahren durch sie erfahren hatte.

„*Nein, mein Liebster*", antwortete Franziska, „*es hält mich nichts mehr hier zurück, und ich freue mich schon sehr auf meine neue Heimat.*"

Jaques hatte die Antwort vernommen, welche fast tonlos über Franziskas Lippen gekommen war, und er hatte ihren Gesichtsausdruck dabei gesehen. Er schien Franziskas Gedanken zu erraten, denn er nahm sie in den Arm und sagte:

„*Du hast dir das neue Leben in Freiheit redlich verdient. Und schon in ein paar Tagen wirst du damit beginnen es zu genießen.*"

Franziska sah in das Gesicht von Jaques, aus dem ihr ein warmes Lächeln entgegenstrahlte, und sie sagte:

„Du bist nicht nur meine große Liebe, du bist auch meine Sonne, an deren Strahlen sich meine Seele erwärmt. Und ich bete zu Gott, dass diese Sonne niemals untergehen möge."

Jaques lächelte. Er küsste Franziska lang und innig, dann sagte er:

„Frisch ans Werk, Frau vorm Walde; es gibt noch viel zu tun."

\*\*\*\*\*

Marias Genesung ging zügig voran. Sie machte schon bald erste Spaziergänge im Park.

„Wann geht es endlich los, chérie?", fragte sie eines Abends bei einem Glas Wein. Professor Birngruber hatte ihnen ein paar Flaschen seines guten Rotweins überlassen.

„Wenn du wieder völlig bei Kräften bist, mein Engel", sagte Paul.

„Das bin ich schon", antwortete Maria, „die Warterei macht mich noch verrückt."

„Vergiss nicht, vor uns liegt eine monatelange Reise, und sie wird sehr beschwerlich und auch gefährlich sein", antwortete Jaques.

„*Das weiß ich*", antwortete Maria, „*lass uns morgen mit dem Professor darüber reden.*"

Am nächsten Tag bat Paul den Professor um seine ehrliche Meinung.

„*Die Wunde ist sehr gut verheilt, und Ihre Frau ist in einem guten Allgemeinzustand*", antwortete der Professor.

„*Aber wird sie die Strapazen der langen Reise aushalten können?*", fragte Paul. „*Denken Sie daran, durch welche Länder wir reisen werden.*"

Als Paul damit beginnen wollte dem Professor die Reiseroute zu erklären, stoppte dieser ihn mit den Worten:

„*Ich will das gar nicht wissen. So kann ich – Gott bewahre, sollte mich irgendwer irgendwann danach fragen – keine Antwort darauf geben.*"

Paul begriff sofort, was der Professor damit andeuten wollte und fragte stattdessen:

„*Ist meine Frau Ihrer Meinung nach schon größeren Strapazen gewachsen?*"

Der Professor überlegte einen Moment lang und antwortete dann:

„*Wenn sie dazwischen genügend Erholungspausen einlegen, dann müsste es gehen.*"

„*Eine Bitte hätte ich noch*", sagte Paul, „*können Sie uns 2 Flugtickets Zürich Barcelona besorgen?*"

„*Das mache ich gern*", sagte der Professor, „*und ganz offiziell, das ist am Wenigsten verdächtig.*"

Als er ihnen am nächsten Tag die Tickets und die falschen Pässe in die Hand gab, reichte er Paul einen Umschlag.

„*Das sind amerikanische Dollars, mit ihnen müssten sie an ihr Ziel kommen.*"

Paul schaute kurz in den Umschlag, und als er den großen Geldbetrag sah, sagte er:

„*Wie kann ich das je zurückzahlen?*"

„*Machen Sie sich keinen Kopf*", sagte der Professor, „*wenn der Krieg erst einmal vorbei ist, dann werde ich mich schon bei Ihnen melden.*"

Der Professor lächelte, und es war das erste Mal, dass er das tat.

Paul drückte die Hand des Professors in großer Dankbarkeit und Maria umarmte ihn.

„*Das werden wir Ihnen niemals vergessen*", sagte sie und küsste ihn.

Der Professor drückte Maria und Paul je einen Koffer in die Hand, in welchen sich Kleidungstücke und Waschzeug befanden und sagte:

*„Schreiben Sie mir eine Postkarte, wenn Sie gut angekommen sind; die Adresse kennen Sie ja. "*

\*\*\*\*\*

Die Migräneanfälle von Jaques waren in letzter Zeit verstärkt aufgetreten, und die Abstände dazwischen waren merklich kürzer geworden.

*„Du solltest zum Arzt gehen "*, sagte Franziska, *„ es tut mir weh, wenn ich sehe, wie dich das quält. "*

*„Das mache ich "*, antwortet Jaques, *„ich denke, ich brauche ein neues Medikament. "*

*„Möchtest du, dass ich dich begleite? "*, fragte Franziska.

*„Nein "*, antwortete Jaques, *„meine Ärztin ist jung und sexy, da gehe ich lieber allein hin. "*

*„Du Schuft "*, sagte Franziska, *„kaum, dass wir verheiratet sind, betrügst du mich schon. "*

*„Ich habe dich gewarnt, mein Liebling "*, antwortete Jaques, *„heirate niemals einen Franzosen. "*

Als Jaques von der Ärztin zurückkam, fragte Franziska sogleich nach dem Ergebnis der Konsultation.

*„Ich hatte recht"*, antwortete Jaques, *„ich habe jetzt ein neues Medikament, und damit sollte es mir bessergehen."*

*„Das freut mich, mein Liebling"*, antwortete Franziska.

Jaques küsste Franziska und sagte:

*„Jetzt wird es Zeit unsere Hochzeitsreise zu planen."*

Franziska schaute Jaques fragend an.

*„Was ist?"*, fragte Jaques, *„freust du dich denn gar nicht?"*

*„Doch, doch"*, antwortete Franziska.

*„Was ist es denn?"*, fragte Jaques. *„Ich sehe doch, dass dich etwas bedrückt."*

*„Du hältst mich sicher für verrückt"*, sagte Franziska und Jaques antwortete scherzhaft:

*„Das kann ich erst sagen, wenn ich weiß, um was es geht."*

*„Bevor wir fahren, möchte ich mich noch von meiner Mutter verabschieden."*

„*Das ist keineswegs verrückt*", sagte Jaques, „*ganz im Gegenteil. Ich denke, es ist sogar wichtig, dass du das tust.*"

„*Würdest du mich bitte begleiten?*", fragte Franziska zögerlich.

„*Was für eine Frage, mein Liebling*", antwortete Jaques, „*natürlich werde ich dich begleiten.*"

Noch am selben Nachmittag fuhr das Ehepaar vorm Walde mit der „göttlichen" Citroën DS zum Pflegeheim Aurora.

„*Hallo Mutter!*"

Franziskas Mutter saß vor ihrem Fenster und starrte in den Park hinaus. Sie wendete noch nicht einmal den Kopf und ließ den Gruß von Franziska unerwidert.

„*Das ist Jaques, mein Ehemann*", sagte Franziska, die zu ihrer Mutter hingetreten war.

„*Wir haben in Paris geheiratet; es war einzigartig. Ich heiße jetzt Franziska vorm Walde.*"

Franziska hielt ihrer Mutter den Ring hin, den ihr Jaques geschenkt hatte.

„*Schau nur, wie wunderschön der Ring ist, den mir Jaques geschenkt hat.*"

Franziskas Mutter verschwendete keinen Blick darauf.

Jaques, der die groteske Situation aus der Nähe mitverfolgte, empfand tiefes Mitgefühl für seine Franzi.

Da stand eine Tochter vor ihrer Mutter, für die sie ihr eigenes Leben aufgegeben hatte, und hoffte auf ein wenig Aufmerksamkeit, und vielleicht sogar auf ein wenig Liebe, und beides wurde ihr verweigert.

Franziska begann zu weinen, als sie sagte:

*„Ich komme heute das letzte Mal, weil ich mit meinem Liebsten weggehen werde.*

*Ich vergebe dir, dass du mich über so viele Jahre wie eine Sklavin in einem Gefühl der Schuld gehalten hast.*

*Und ich vergebe mir, dass ich Schuld empfunden habe am Tod meiner beiden Brüder, weil ein zehnjähriges Mädchen keine Schuld haben kann.*

*Du sollst wissen, dass ich keinen Hass wider dich empfinde, weil du mir einfach nur leidtust. Der Hass, den du für mich empfindest, hat dich ausgehöhlt.*

*Ich wünsche dir, dass du irgendwann so etwas wie Reue empfinden kannst und deinen Seelenfrieden findest.*

*Lebe wohl Mutter; wir werden uns nie wiederse-hen."*

Franziska gab ihrer Mutter einen Kuss auf die Stirn. Sie schaute noch einen Moment lang in das regungslose Gesicht und wandte sich dann dem Ausgang zu.

Sie stieg mit Jaques ins Auto, ohne sich noch einmal umzudrehen.

*"Wie wäre es jetzt mit einem guten Kaffee, Madame?",* fragte Jaques und Franziska antwortete:

*"Eine gute Idee, Kutscher; fahren Sie los!"*

Das Café Reimprecht am Stürmersee war gut besucht, und das Wetter lud wieder zum draußen Sitzen ein.

*"Das war eine wunderbare Idee von dir, hierher-zufahren",* sagte Franziska, die sich zwischenzeitlich wieder gefangen hatte.

Nachdem die beiden Kaffee und Kuchen konsumiert hatten, begann Jaques ein Gespräch.

*"Bevor wir jetzt Reisepläne schmieden, möchte ich dir noch etwas sagen",* begann er und fuhr fort:

*"Was du vorhin bei deiner Mutter getan und gesagt hast, hat mich sehr beeindruckt. Du hast damit ein unrühmliches Kapitel deines Lebens beendet und bist jetzt frei."*

*„Ich fühle mich auch so"*, sagte Franziska, *„es ist mir, als wäre eine tonnenschwere Last von meiner Seele gefallen. Ich konnte das aber nur, weil du an meiner Seite warst. Ich danke dir sehr dafür."*

Franziska nahm die Hand von Jaques und gab ihm einen Kuss darauf. Und bevor Jaques darauf reagieren konnte, sagte Franziska:

*„Und jetzt erzähle mir von unserer großen Reise; ich bin schon sehr gespannt darauf."*

*„Das wird eine sehr lange Reise"*, begann Jaques, *„wir fliegen zuerst nach Paris, und dann von dort weiter nach Miami.*

*Von Miami geht es am nächsten Tag weiter nach Port-au-Prince, der Hauptstadt von Haiti.*

*Wir können natürlich sowohl in Paris als auch in Miami einige Tage verbringen, wenn du das möchtest"*, beendete Jaques seine Ausführungen.

*„Ich hätte eine viel bessere Idee"*, sagte Franziska.

*„Da bin ich aber neugierig"*, entgegnete Jaques, *„was hast du denn für eine Idee?"*

*„Wir reisen auf derselben Route wie damals deine Eltern."*

Als Jaques den Vorschlag von Franziska vernommen hatte, zögerte er für einen kurzen Augenblick.

„*Ist vielleicht doch nicht so eine gute Idee*", sagte Franziska, „*da wären wir wahrscheinlich ewig unterwegs.*"

„*Das ist eine wunderbare Idee*", entgegnete Jaques, „*und mit den heutigen Verkehrsmitteln geht es ja wesentlich schneller als damals.*"

„*Ich dachte nur, weil du gezögert hast*", sagte Franziska.

„*Das war nur, weil ich von deiner Idee so berührt war*", erklärte Jaques und fügte hinzu:

„*Du bist wirklich etwas ganz Besonderes, mein Liebling.*"

\*\*\*\*\*

Professor Birngruber hatte Paul und Maria Steiner durch seinen persönlichen Fahrer zum Flughafen bringen lassen.

Als der Fahrer zurückgekehrt war und dem Professor darüber Meldung gemacht hatte, dass seine Fahrgäste sicher im Flugzeug säßen und gestartet wären, nahm der Professor den Hörer ab und wählte eine Nummer in Paris.

Es war die Telefonnummer von Pierre, dem Besitzer des Cafés.

*„Hallo Nico, kannst du mir mal eben die Mama ans Telefon holen? Hier ist der Onkel Utz aus Luzern."*

Pierre verstand kein Wort des in Schwyzerdütsch gesprochenen Textes, er wusste aber, dass die Worte „Utz aus Luzern" der Code dafür waren, dass die Flüchtigen sicher die Schweiz verlassen hatten.

*„Ich verstehe kein Wort; falsch verbunden"*, sagte Pierre und legte auf. Kurz darauf verließ er das Café und ging zu einer öffentlichen Telefonzelle.

Dort wählte er die Nummer der deutschen Kommandantur und verlangte General von Stülpnitz. Als er ihn in der Leitung hatte, schrie er hinein:

*„Vive la France!"*

Mit den Worten *„dummes Franzosenpack"* legte er den Hörer auf. Jetzt wusste auch er, dass die Flucht gelungen war.

\*\*\*\*\*

Als Paul und Marie durch die Kontrolle gekommen waren, gingen sie direkt zum Schalter der „Portugália Airlines" und kauften sich Tickets für den Weiterflug nach Lissabon.

Am frühen Abend stiegen sie dann in ihre Maschine. Als das Flugzeug pünktlich um 17:55 Uhr abhob, flogen sie in die untergehende Sonne.

*„Hier oben ist alles so friedlich"*, sagte Maria und legte ihren Kopf an Pauls Schulter.

*„Schlafe ein wenig, Liebes"*, Sagte Paul, *„du musst dich noch schonen."*

Kurz nach 22:00 Uhr landeten sie sicher in Lissabon. Sie nahmen ein Zimmer im nahe gelegenen Flughafenhotel und aßen noch eine Kleinigkeit, bevor sie sich niederlegten.

Der nächste Tag verhieß nichts Gutes. Es hatte in der Nacht zu regnen begonnen und wollte am Morgen immer noch nicht aufhören.

Maria hatte eine unruhige Nacht hinter sich. Wilde Träume schreckten sie immer wieder im Schlaf auf. Im Flughafengebäude gab es eine kleine Apotheke. Dort besorgten sie sich ein leichtes rezeptfreies Schlafmittel.

Der Flug von Lissabon nach Dakar könnte sehr anstrengend werden. Vielleicht würde das Schlafmittel Maria helfen im Flugzeug zu schlafen, um so Kraft zu tanken.

Und tatsächlich, Maria schlief bis Marrakesch, wo sie in eine andere Maschine umsteigen mussten.

*„Willkommen auf dem schwarzen Kontinent"*, sagte Paul, als er Maria nach der Landung aufweckte. Maria rieb sich die Augen und fragte ungläubig:

*„Habe ich die ganze Zeit geschlafen?"*

*„Ja, mein Engel"*, antwortete Paul, *„und das war auch gut so. Fühlst du dich ein wenig besser?"*

*„Ich glaube schon"*, antwortete Maria, *„aber ich würde am liebsten weiterschlafen."*

*„Das kannst du auch"*, antwortete Paul, *„sobald wir in der anderen Maschine sitzen."*

Nach über 12 Stunden Flug landeten sie sicher und wohlbehalten in Dakar. Sie nahmen sich ein Taxi und ließen sich zum Hafen bringen.

Dort suchten sie ein Hotel, das einen einigermaßen vertrauenswürdigen Eindruck machte.

*„Wir müssen vorsichtig sein"*, sagte Paul, *„man ist auf die Deutschen hier nicht gut zu sprechen."*

*„Ich weiß"*, antwortete Maria, *„und deshalb ist es besser, du redest so wenig wie möglich. Lass mich*

*reden, die Einheimischen werden mich – aufgrund meiner etwas dunkleren Hautfarbe – eher akzeptieren als das Bleichgesicht an meiner Seite."*

Paul registrierte mit Freude, dass seine Maria über all das bisher Erlebte ihren besonderen Humor nicht verloren hatte. Und inzwischen hatte er ihn sogar lieben gelernt.

*„Sie sind aus der Schweiz?",* fragte der Mann an der Rezeption, als er die Pässe von Maria und Paul ansah, *„wo liegt dieses Land?"*

*„Das liegt in Europa, in der Nähe von Portugal."*

Maria hatte bewusst Portugal gewählt, schien es ihr doch am unverfänglichsten. Deutschland und Österreich hätten Ressentiments hervorrufen können, und bei Frankreich hätte man wissen müssen, ob der Rezeptionist ein Freund des Vichy-Regimes wäre oder ein glühender Verehrer de Gaulles.

Der Mann an der Rezeption war schon älter. Er hatte dunkle Augen und schon fast weißes Haar. Er wirkte in sich ruhend und seine Augen strahlen Herzlichkeit aus.

Das ermutigte Maria zu folgendem Schritt:

*„Erlauben Sie mir eine Frage?",* begann sie und der Mann nickte und antwortete:

*„Mais oui, Madame, fragen Sie nur!"*

*„Wie sie gesehen haben, sind mein Mann und ich schweizerische Staatsbürger.*

Der Mann nickte zustimmend und Maria fuhr fort:

*„Ich selbst bin Haitianerin aus Thomazeau, einer Stadt am Étang Saumâtre, wo auch meine Eltern und meine Großmutter wohnen."*

Maria machte eine kurze Pause. Ihre Augen hatten sich mit Tränen gefüllt. Der Rezeptionist reichte ihr ein sauberes, ordentlich zusammengefaltetes, weißes Taschentuch, und Maria schnäuzte sich laut vernehmlich hinein.

Sie wollte es danach dem liebenswerten Mann zurückgeben, was dieser jedoch mit einer entsprechenden Handbewegung von sich wies.

*„Meine Eltern haben mir geschrieben und mir mitgeteilt, dass meine Großmutter im Sterben liegt. Ihr sehnlichster Wunsch ist es mich noch einmal zu sehen."*

Während Maria dies sagte, machte sie dreimal hintereinander das Kreuzzeichen vor ihrer Brust.

*„Das tut mir sehr leid, Madame"*, bekundete der Mann an der Rezeption, und sein Gesichtsausdruck ließ ehrliches Mitgefühl erkennen.

Das war das Signal für Maria die Großoffensive zu starten. Sie sagte mit tränenerstickter Stimme:

*„Unsere Reisekasse ist fast leer, und wir suchen einen Frachter, auf dem wir mitfahren können. Wir wären auch bereit für Unterkunft und Essen auf dem Schiff zu arbeiten."*

Jetzt war die Katze aus dem Sack. Paul, der die ganze Zeit daneben gestanden war und seinen Mund gehalten hatte, war überwältigt.

Wo nahm diese Frau die Fähigkeit her eine Geschichte zu erfinden, die sogar ihn fast zu Tränen gerührt hätte.

*„Glauben Sie, Sie könnten uns vielleicht helfen?"*, fragte sie abschließend zu ihrem Plädoyer den Mann an der Rezeption.

*„Ich kann Ihnen nichts versprechen, Madame"*, sagte der freundliche Mann, *„aber ich werde mich für Sie umhören."*

Was Maria jetzt tat, sprengte bei Paul jegliche Vorstellungskraft. Sie nahm die Hand des schwarzen Mannes und küsste sie.

*„Sie sind ein guter Mensch, Monsieur; Gott schütze sie!"*

Das war selbst dem Rezeptionisten zu viel. Er zog eiligst seine Hand zurück und sagte:

*„Wie ich schon sagte; ich kann Ihnen nichts versprechen. Aber ich werde alles dafür tun, um Ihnen zu helfen."*

Als Paul und Maria auf ihrem Zimmer waren, sagte Paul:

*„Du bist eine Hexe. Wenn ich bisher Zweifel daran gehegt habe, so weiß ich es jetzt ganz genau: Du bist eine Hexe!"*

Der nächste Morgen begann mit einer frohen Botschaft. Monsieur Henri Camara, so hieß der hilfsbereite Mensch an der Rezeption, begrüßte Maria mit den Worten:

*„Die Casablanca läuft übermorgen Abend aus. Ich habe mit dem Kapitän gesprochen, und er ist bereit Sie mitzunehmen.*

*Sie dürfen aber keine Luxuskabinen erwarten und die Verpflegung ist so lala. Als ich ihm gesagt habe, dass Sie gut kochen können, hat er gleich zugesagt.*

*Sie werden in der Küche arbeiten, und Ihr Gatte hilft im Heizhaus mit. Sie müssen pünktlich um 19:00 am Kai sein. Sonst läuft die Casablanca ohne sie aus."*

Maria musste einen Freudenschrei unterdrücken.

Als sie sich mit Paul am übernächsten Tag von dem Rezeptionisten verabschiedete, sagte sie:

148

*„Das werde ich Ihnen nie vergessen, Monsieur Henri. Mit Ihrer Hilfe werde ich meine Grand-mère noch ein letztes Mal sehen dürfen."*

Maria streckte Monsieur Henri die Hand entgegen, die anzunehmen er aber verweigerte. Er hatte wohl zu große Angst vor einem weiteren Handkuss.

Stattdessen machte er eine leichte Verbeugung und sagte:

*„Bon voyage und grüßen Sie Ihre Großmutter ganz herzlich!"*

\*\*\*\*\*

Konsul Jaques vorm Walde hatte vor dem Reiseantritt noch einiges zu erledigen. Eines der wichtigsten Dinge war das Verladen seines Autos. Seine „Göttin" hätte er um nichts in der Welt zurücklassen wollen.

Franziska hatte zwischenzeitlich ihr Arbeitsverhältnis aufgelöst. Der Direktor des Hotels hatte ihr keine Steine in den Weg gelegt, dazu war der Konsul ein viel zu wichtiger und einflussreicher Gast.

Er bat lediglich um eine kleine Abschiedsfeier mit einem ausgewählten Kreis des Personals, mit dem

Franziska vornehmlich zu tun hatte, wozu Franziska sich auch gern bereit zeigte.

*„Hallo, Liebling!"*, begrüßte Franziska Jaques frohgelaunt, *„es hat alles wunderbar geklappt. Ich soll dich vom Herrn Direktor Hofer lieb grüßen.*

*Morgen Abend veranstaltet er eine kleine Abschiedsparty, und er lädt auch dich herzlich dazu ein."*

*„Das ist prima"*, antwortete Jaques, *„aber jetzt setz dich erst einmal zu mir, denn ich muss dir einiges erklären."*

*„Gibt es Probleme?"*, fragte Franziska, *„oder geht es dir nicht gut?"*

*„Mir geht es gut"*, antwortete Jaques, *„mir geht es sogar sehr gut, weil ich die wunderbarste Ehefrau auf der ganzen Welt habe. Und was die Probleme angeht, so haben sie mit der bevorstehenden Reise zu tun, und es sind lösbare Probleme."*

*„Danke für das nette Kompliment, mein Herr Gemahl"*, sagte Franziska lächelnd und fügte einen Kuss hinzu. *„Und nun berichte von den Problemen."*

*„Die Route, welche meine Eltern damals genommen haben, ist nicht zur Gänze nachvollziehbar"*, antwortete Jaques.

*„Und warum nicht?"*, fragte Franziska enttäuscht.

„Weil wir von Dakar aus nicht so ohne weiteres nach Haiti weiterreisen können.

Wir müssten einen Flug buchen, der uns von Dakar nach Lissabon zurückbringt, von dort weiter nach Barcelona und am nächsten Tag nach Fort Lauderdale in Florida.

Nach einer weiteren Übernachtung würde es dann endlich nach Port-au-Prince weitergehen.

Das heißt, die Flüge von Barcelona nach Lissabon und Dakar, und dann wieder ganz zurück bis Barcelona könnten wir uns eigentlich ersparen."

„Du hast natürlich völlig recht", antwortete Franziska, „obwohl mir eine Schiffsreise schon sehr gefallen hätte."

„Das glaube ich dir gern, mein Liebling", sagte Jaques, „und die werden wir auch machen; aber ein anderes Mal.

Jetzt feiern wir erst einmal Abschied von deinen Kollegen und von Marianne."

„Das ist lieb von dir", sagte Franziska, „und genauso werden wir das auch machen."


**\*\*\*\***

Pünktlich um 19:00 standen Maria und Paul vor dem Frachtschiff „Casablanca", einem hässlichen, alten Pott, der seine besten Tage schon lange hinter sich hatte.

Der Kapitän, ein weißer Südafrikaner aus Kappstadt, hieß sie an Bord willkommen und zeigte ihnen sogleich ihre Kabine.

„*Es ist keine Komfortzone*", sagte der Kapitän Georg Arnold, dessen Name deutlich auf deutsche Vorfahren hinwies, in Bezug auf die Kabine, „*aber Sie werden es sich sicher gemütlich einrichten.*"

Und zu Maria gewandt sagte er:

„*Und sie werden dafür sorgen, dass es nicht jeden Tag Essen aus Konservendosen gibt. Ich habe extra dafür gesorgt, dass auch frische Lebensmittel an Bord gebracht wurden.*"

Als der Kapitän die Kabine verlassen hatte, sagte Paul:

„*Mir ahnt schreckliches; kannst du überhaupt kochen?*"

„*Überhaupt nicht, chérie*", antwortete Maria, „*aber was soll uns schon passieren, wenn wir erst einmal auf See sind. Schlimmstenfalls wird man uns über Bord werfen...*"

Da war er wieder – dieser umwerfende Humor einer Frau, die offenbar weder Tod noch Teufel scheute.

Eine halbe Stunde später lief die Casablanca aus mit Kurs Port-au-Prince.

Paul suchte seinen Arbeitsplatz auf. Er lag tief im Bauch des Schiffes, im Heizraum. Der Oberheizer drückte ihm eine Schaufel in die Hand und zeigte ihm das feurige Loch, in welches es die Kohlen hineinzuschaufeln galt.

Als er Stunden später seine erste Schicht beendet hatte, kam er schwarz wie ein Neger in die Kabine zurück.

Er wusch sich notdürftig und legte sich dann zu Maria, die schon tief und fest schlief. Es dauerte nicht lang und auch er sank völlig erschöpft in Morpheus Arme.

Der nächste Tag brachte eine Überraschung. War das Frühstück noch vom Smutje zubereitet worden, so stand zu Mittag ein Essen auf dem Tisch, welches vom Kapitän in den höchsten Tönen gelobt wurde. Es war von Maria gekocht worden.

*„Du elende Hexe"*, begann Paul seine Schimpftirade etwas später, als sie gemeinsam Zeit füreinander hatten, *„du bist ja so gemein. Du hast du mich in meinen schlimmsten Ängsten schmoren lassen."*

„*Mais non, chérie*", sagte Maria mit einem schelmischen Blick, „*ich wusste ja selbst nicht, dass ich das so gut kann.*"

Maria war von Stund an der Liebling der gesamten Mannschaft, und Paul profitierte davon. Der raue Ton, der ihm am Anfang im Heizraum entgegenschlug, änderte sich schlagartig, als die Nachricht von Marias Kochkunst auch bis in diesen finstern Bereich vorgedrungen war.

Nach einer guten Woche, in der die beiden Reisenden von ruhiger bis rauer See alles durchlebt hatten, bat der Kapitän Maria und Paul in seine Kabine.

„*Unsere gemeinsame Reise neigt sich allmählich ihrem Ende zu, und ich muss sagen, es hat mir gut mit Ihnen gefallen.*

*Am Anfang war ich etwas skeptisch, aber die Kochkünste von Maria haben mich überzeugt. Wo haben Sie so kochen gelernt?*"

Maria lächelte. Sie musste in diesem Augenblick an ihre Großmutter denken.

„*Von Grand-mère*", antwortete sie leise.

„*Lebt Ihre Großmutter noch?*", fragte der Kapitän.

„*Ich weiß es nicht*", antwortete Maria, „*aber ich hoffe es...*"

Drei Tage später machte die „Casablanca" in Port-au-Prince fest. Maria weinte vor Freude.

*„Wir haben es geschafft, chérie"*, sagte sie immer wieder, *„wir haben es geschafft."*

Eine gefährliche Reise, die sie durch mehrere Kontinente geführt hatte, stets begleitet von der Angst entdeckt zu werden, hatte ein gutes Ende gefunden.

Als der Krieg in Europa zu Ende gegangen war, hatten Maria und Paul, inzwischen wieder zu Amélie und Hermann mutiert, geheiratet und einen Sohn bekommen.

Sie tauften ihn Jaques, in Anlehnung an Amélies Großmutter Jaqueline, welche kurz vor der Geburt verstorben war.

Hermann hatte mit Amélie eine kleine Kaffeeplantage gegründet, die schon bald zu einem florierenden Unternehmen wurde.

Das Geld, das ihnen der Professor aus der Schweiz geliehen hatte, zahlten sie ihm – anlässlich eines Besuches – mit Zins und Zinseszins zurück.

General von Stülpnitz, ihren Retter, konnten sie nur noch an seinem Grab besuchen. Er war von einem fanatischen Offizier – kurz vor Kriegsende - in seinem Pariser Büro erschossen worden, nachdem er defätistische Äußerungen gemacht hatte.

Was Oberst Kleinschmidt und Obersturmbannführer Hehn betraf, so kamen beide in amerikanische Gefangenschaft.


\*\*\*\*


Marianne hatte Franziska und Jaques zum Flughafen gebracht.

*„Du musst uns unbedingt in Haiti besuchen"*, sagte Franziska und umarmte ihre Freundin.

*„Ich glaube, das ist mir zu weit und zu teuer"*, antwortete Marianne lachend.

*„Wir werden dich natürlich auf diesen Flug einladen"*, sagte Jaques, *„und was den Flug betrifft, so sind es gerade einmal 10 Stunden mit einer Übernachtung dazwischen."*

*„Siehst du"*, sagte Franziska, *„jetzt hast du keine Ausrede mehr."*

*„Ich werde es mir überlegen"*, antwortete Marianne, *„und jetzt geht; ihr verpasst sonst noch euren Flug."*

Der Flug nach Barcelona dauerte 2 ¼ Stunden und verlief problemlos. Jaques hatte zuvor Franziska angeboten für einen oder auch mehrere Tage in dieser interessanten Stadt einen Zwischenstopp einzulegen, was Franziska aber ablehnte.

Sie flogen noch am selben Tag nach Fort Lauderdale weiter und nahmen sich dort ein Zimmer.

*„Morgen liegt nur noch ein kurzer Flug vor uns"*, sagte Jaques, *„und dann siehst du zum ersten Mal deine neue Heimat."*

*„Ich bin schon sehr aufgeregt"*, sagte Franziska, *„und ich kann es kaum erwarten deine Verwandten zu treffen. Es gibt doch noch welche, oder?"*

*„Ja"*, antwortete Jaques, *„die gibt es."*

Franziska war der eigentümliche Tonfall von Jaques aufgefallen; sie sagte aber nichts.

Der nächste Tag war sonnendurchflutet, wie man es in Florida fast das ganze Jahr über kennt.

*„Dort unten liegt schon Port-au-Prince"*, sagte Jaques, als sie im Anflug auf die Hauptstadt waren. Der Flug hatte nur etwas mehr als 2 Stunden gedauert.

Als sie durch die Zoll- und Passkontrolle gekommen waren, trat plötzlich ein junger Mann auf sie zu.

Er umarmte zuerst Jaques mit großer Herzlichkeit, und bevor er Franziska umarmte, sagte er:

*„Bonjour Papa, bonjour Francine, bienvenue à Haiti!"*

Franziska stand wie versteinert da.

*„Du hast einen Sohn?"*, fragte sie ungläubig.

*„Das ist Jean-Marie"*, antwortete Jaques, *„mein Sohn."*

Franziska wurde schwindelig. Die große Vorfreude und Erwartung verwandelten sich gerade in ein einziges Misstrauen.

*„Warum hast du das getan?"*, fragte sie, *„warum hast du mein Vertrauen so missbraucht?"*

Und bevor Jaques darauf antworten konnte, sagte Franziska:

*„Ich nehme mir ein Zimmer im Flughafenhotel und fliege morgen wieder zurück."*

Jaques machte keinerlei Anstalten Franziska aufzuhalten. Stattdessen starrte er seinen Sohn an und sagte:

*„Vor diesem Augenblick habe ich mich gefürchtet. Und nun weiß ich auch, warum."*

Es klopfte. Franziska ging zur Tür und öffnete. Sie hatte etwas zu essen aufs Zimmer bestellt.

Aber es war nicht der Kellner, der vor der Tür stand, es war Jean-Marie.

*„Was wollen Sie?"*, fragte Franziska in gereiztem Ton.

*„Mit dir reden, Francine"*, antwortete Jean-Marie.

*„Ich heiße Franziska und nicht Francine"*, korrigierte Franziska den Besucher.

*„Aber ich kann <Franziska> nicht gut aussprechen"*, antwortete Jean-Marie, und so, wie er ihren Namen aussprach, musste sie ihm innerlich rechtgeben.

*„Und was möchtest du?"*, fragte Franziska, die vom SIE wieder abgewichen war, sich klarmachend, dass Jean-Marie für die prekäre Situation nicht verantwortlich war.

*„Darf ich hereinkommen, bitte?"*, fragte Jean-Marie, und Franziska machte die Tür weiter auf.

*„Vielen Dank!"*, sagte Jean-Marie und trat ein.

*„Hat dir mein Vater nichts von mir gesagt?"* fragte Jean-Marie.

Franziska schüttelte den Kopf.

„*Das ist wieder einmal typisch für ihn*", sagte Jean-Marie.

„*Wie meinst du das?*", fragte Franziska.

„*Er schleppt alles mit sich herum; er lässt niemand in sein Leben hinein.*"

„*Bei mir hat er das getan*", sagte Franziska, „*wenn man einmal davon absieht, dass er mir einen erwachsenen Sohn unterschlagen hat.*"

„*Das wundert mich aber; er muss dich wohl sehr lieben*", entgegnete Jean-Marie.

Franziska ignorierte das Gesagte und fragte:

„*Wie hält das deine Mutter aus?*"

„*Gar nicht*", antwortete Jean-Marie, und Franziska erwiderte unmittelbar:

„*Das wundert mich überhaupt nicht.*"

Hätte sie Jean-Marie ausreden lassen, hätte sich Franziska eine große Peinlichkeit erspart, denn er fügte hinzu:

„*Meine Mutter ist bei meiner Geburt gestorben.*"

Franziska stieg das Blut in den Kopf, ihre Schläfen hämmerten und in ihren Ohren rauschte es wie wild.

„*Entschuldigung*", stammelte sie, „*das tut mir schrecklich leid. Ich schäme mich ja so.*"

„*Ist schon gut, Francine*", entgegnete Jean-Marie, „*du hast es ja nicht gewusst.*"

„*Glaubst du, dein Vater wird mir je verzeihen können?*", fragte Franziska, und Jean-Marie antwortete:

„*Das weiß ich nicht; aber, wenn du willst, kannst du ihn ja selber fragen. Er wartet unten in der Lobby.*"

Franziska stürmte bei der Tür hinaus und eilte hinunter in die Lobby. Als Jaques sie auf sich zueilen sah, ging er ihr entgegen.

„*Ich bin so dumm*", sagte sie unter Tränen, „*bitte, verzeih mir, wenn du kannst!*"

„*Ist schon gut, liebste Franzi*", sagte Jaques, „*es gibt nichts zu verzeihen. Ich hätte dir schon früher von meinem Sohn erzählen müssen.*"

Franziska küsste Jaques im ganzen Gesicht und sagte, ständig wiederholend:

„*Ich liebe dich, ich liebe dich so sehr, und ich werde dir nie mehr wehtun.*"

Inzwischen war Jean-Marie hinzugetreten und fragte:

*„Tout va bien?"*

*„Alles ist gut, mein Sohn"*, antwortete Jaques.

Die drei gingen zum Auto und fuhren dann in das Haus von Jaques, in welchem Jean-Marie schon alles für den Empfang vorbereiten lassen hatte.

Eine Cateringfirma servierte feinste Köstlichkeiten aus dem Meer und Champagner.

Jean-Marie erhob sein Glas und sagte:

*„Noch einmal herzlich willkommen, liebe Franziska. Ich wünsche mir sehr, dass du dich auf unserer Insel bald zuhause fühlen wirst."*

*„Das mache ich jetzt schon"*, antwortete Franziska und fügte zwinkernd hinzu:

*„Und im Übrigen heiße ich nicht Franziska, sondern Francine."*

Jaques zeigte sich überrascht und Franziska flüsterte Jaques leise ins Ohr:

*„Das erkläre ich dir alles später, mein Liebling."*

Dann ging sie zu Jean-Marie, gab ihm einen Kuss und sagte:

*„Du bist etwas ganz Besonderes; ich habe dich sehr lieb."*

Kurz danach, nachdem die Leute vom Catering gegangen waren, verabschiedete sich auch Jean-Marie.

*„Ich lasse euch jetzt allein, ihr werdet erschöpft sein von der Reise",* sagte er und küsste seinen Vater und Franziska liebevoll auf beide Wangen.

Und bevor er zur Tür hinausging, drehte er sich noch einmal um und fügte hinzu:

*„Ich freue mich sehr, dass ihr euch gefunden habt. Ich wünsche euch ein langes Leben und viel Glück!"*

Am nächsten Morgen entschuldigte sich Jaques bei Franziska für ein paar Stunden mit den Worten:

*„Ich schaue nur schnell im Konsulat nach dem Rechten; aber ich beeile mich. Und am Nachmittag zeige ich dir meine Insel.*

*Wenn du willst, kannst du dir inzwischen das Haus anschauen und eventuelle Veränderungen planen. Und denke daran: Mi casa su casa!"*

Als Jaques gegangen war, streifte Franziska durch das Haus. Es war sehr groß und hatte viele Zimmer.

Im Salon stand ein weißer Flügel und auf ihm waren mehrere Fotografien in kostbaren Rahmen aufgestellt.

Außer Jean-Marie erkannte Franziska keine der abgelichteten Personen. Nur bei einer Person, es war eine Frau, hatte sie eine Vermutung.

Sie schaute lange darauf, als eine Stimme aus dem Hintergrund sagte:

*„Das ist Maman."*

Franziska fuhr erschrocken herum und bemerkte Jean-Marie.

*„Bitte, entschuldige Francine"*, sagte er, *„ich wollte dich nicht erschrecken. Ich habe ohne nachzudenken mir selbst aufgesperrt, weil ich einen Schlüssel habe, und ich werde ihn dir sogleich aushändigen."*

*„Das tust du nicht"*, antwortete Franziska, *„das ist dein Elternhaus und du kannst ein und ausgehen, wann immer du das möchtest."*

Und bevor Jean-Marie etwas entgegnen konnte, fügte Franziska hinzu:

*„Ich bestehe darauf!"*

*„Das ist sehr lieb von dir, Francine"*, sagte Jean-Marie und trat näher.

Er nahm das Bild seiner Mutter in die Hand, betrachtete es einen kurzen Moment und hielt es dann Franziska entgegen.

*„Sie ist sehr schön, nicht wahr? Ihr Name war Marie. Ich durfte sie leider nie kennenlernen."*

Während Jean-Marie das sagte, rannen ihm die Tränen über das Gesicht. Franziska nahm ihn in den Arm, um ihn zu trösten.

*„Es ist verrückt"*, schoss es ihr durch den Kopf, *„ich tröste einen jungen Mann, der nicht viel jünger ist als ich. Ich könnte seine größere Schwester sein."*

In diesem Moment kam Jaques herein. Er sah, wie Franziska den weinenden Sohn tröstete, und es berührte ihn sehr.

*„Kaum bin ich einmal aus dem Haus, schon nimmt sich meine junge Frau einen Liebhaber. Es ist eine Schande."*

*„Du bist schrecklich, Papa"*, sagte Jean-Marie und Franziska nickte zustimmend.

*„Was willst du überhaupt hier?"*, fragte Jaques.

*„Ich wollte fragen, ob ihr mit auf die Plantage kommen wollt."*

*„Heute nicht, mein Sohn"*, antwortete Jaques, *„heute schippere ich mit meiner Liebsten auf dem Meer herum. Ist unser kleines Boot fahrtüchtig?"*

*„Fahrtüchtig und aufgetankt, Skipper"*, antwortete Jean-Marie.

„*So ist es gut, mein Sohn*", sagte Jaques und Franziska registrierte mit großer Freude den liebevollen Umgang, den Vater und Sohn pflegten.

Kurze Zeit später befand sie sich mit Jaques auf dem Meer. Das kleine Boot entpuppte sich als eine Motoryacht, die den Namen „Marie" trug.

Jaques fuhr eine Weile auf dem Meer hin und her und ließ dann in einer kleinen Bucht den Anker ins Meer fallen.

*„Als Marie bei der Geburt starb, fiel die Welt für mich ein. Ich wollte Jean-Marie nicht sehen, denn er hatte mir das Liebste genommen.*

*Meine Eltern nahmen den Kleinen zu sich und zogen ihn liebevoll auf. Ich kam noch nicht einmal zu seinen Geburtstagen.*

*Ich ertränkte meinen Schmerz in Alkohol und dachte immer wieder an Selbstmord, war jedoch zu feige dafür.*

*Als meine Eltern starben, war Jean-Marie gerade einmal 10 Jahre alt. Die Firma, die sie aufgebaut hatten, drohte den Bach hinunter zu gehen.*

*Der Mord an meinen Eltern und der drohende Verfall ihres Lebenswerks haben mich wachgerüttelt.*

*Ich hörte mit dem Trinken auf, steckte Jean-Marie in ein Internat und kümmerte mich um die Firma.*

*Wir sahen uns in den Ferien und an Weihnachten. Es hat lange gedauert, bis Vater und Sohn zueinander gefunden haben.*

*Zu was ich aber nicht gefunden habe, das war eine neue Liebe. Bis ich dich traf. Du hast das Unmögliche möglich gemacht."*

Franziska hatte der Lebensbeichte von Jaques zugehört, und sie war sich sicher, dass sie der erste Mensch war, dem er davon erzählt hatte.

*„Das ist eine sehr traurige Geschichte",* sagte sie am Ende, *„und ich bin sehr froh, dass du sie mir erzählt hast."*

Jaques schaut Franziska lächelnd an. In seinem Lächeln lag ein Hauch Melancholie.

*„Und ich bin froh, dass ich sie endlich jemandem erzählen konnte",* sagte Jaques.

Sie blieben noch eine Weile in der Bucht, bevor sie wieder ans Ufer zurückfuhren.

Auf dem Weg zum Haus kamen sie an einem Gebäude vorbei, das unbewohnt schien. Über dem Eingang war ein Schild angebracht, auf welchem <Café créole> zu lesen stand.

Das Haus war hellblau angestrichen und von einer Holzveranda umsäumt. Viele der Häuser, welche

Franziska schon gesehen hatte, waren mit einer pastellartigen Farbe bemalt.

*„Das ist ein schönes Gebäude"*, sagte Franziska. *„Schade, dass es so heruntergewirtschaftet ist."*

*„Dieses Haus war früher ein sehr beliebtes Café"*, sagte Jaques. *„Eigentlich war es eine Mischung aus Café und Bistro.*

*Es gehörte Clément und Louise, zwei liebenswerten Menschen. Als Louise starb, erging es Clément wie mir. Er verfiel dem Alkohol; nur dass er nicht mehr davon loskam. Er ist 1 Jahr nach Louise ebenfalls verstorben."*

*„Hatten die beiden keine Kinder?"*, fragte Franziska.

*„Doch"*, antwortete Jaques, *„zwei Töchter. Und die streiten sich schon eine ganze Weile um das Erbe. Keine von beiden kann die andere auszahlen. Und ein Käufer hat sich bisher nicht gefunden."*

\*\*\*\*\*

Die nächsten Wochen und Monate dienten der Erkundung von Franziskas neuer Heimat. In deren Verlauf wurde sie aber auch mit der großen Armut der Bevölkerung konfrontiert.

Franziska hatte einige Veränderungen im Haus vornehmen lassen. Ihr größtes Bemühen lag in der Pflege des Gartens.

Wunderschöne Orchideen blühten zwischen Mahagonibäumen, Zedern und Baumfarnen. Und in den Ästen der Bäume tummelten sich gelegentlich Haiti-Drosseln.

Es war an einem Tag, der mit Regen begonnen hatte, und dem ein unwetterartiger Sturm nachfolgte.

Jaques war schon zeitig aus dem Haus gegangen, um ins Konsulat zu fahren und sollte schon längst zurück sein.

Bei Franziska machte sich Unruhe breit. Sie griff zum Telefon und rief im Konsulat an. Man teilte ihr mit, dass der Konsul schon vor zwei Stunden das Konsulat verlassen habe.

Franziska wählte die Nummer von Jean-Marie und sagte ihm, dass Jaques nicht erreichbar sei und schon längst zuhause sein müsste.

*„Hast du versucht ihn am Handy zu erreichen?"*, fragte Jean-Marie, und Franziska antwortete:

„*Da meldet sich nur die Mailbox.*"

„*Mach dir keine Sorgen*", sagte Jean-Marie, „*ich setze mich ins Auto und bin gleich bei dir.*"

Nur wenig später läutete das Telefon. Franziska hob den Hörer ab und sagte:

„*Gott sei Dank; ich habe mir schon Sorgen gemacht.*"

Es war aber nicht Jaques, der anrief, sondern das Hospital.

„*Madame vorm Walde, bitte kommen Sie schnell, Ihr Mann hatte einen Unfall.*"

Franziska legte den Hörer auf, und ihr Gesicht wurde kreidebleich. Dann wurde es schwarz vor ihren Augen.

„*Francine! Francine!*"

Es dauerte eine Weile, bis Franziska ihren Namen rufen hörte. Als sie die Augen öffnete, sah sie Jean-Marie über sich gebeugt.

„*Was ist los?*", fragte Jean-Marie, „*geht es dir nicht gut?*"

„*Jaques hatte einen Unfall; wir müssen sofort ins Hospital.*"

Als Jean-Marie im Hospital nach dem Vater fragte, wurde er angehalten sich in das Büro des Chefarztes zu begeben.

*„Das ist Professor Moreau, ein Freund der Familie"*, erklärte Jean-Marie Franziska auf dem Weg ins Büro.

*„Hallo Jean-Marie, bonjour Madame!"*, begrüßte der Professor die Eintretenden.

*„Was ist passiert?"*, fragte Franziska.

*„Ihr Gatte hatte einen Unfall mit dem Auto"*, antwortete der Professor.

*„War das wieder ein schlimmer Migräneanfall?"*, fragte Franziska.

*„Ich verstehe nicht..."*, sagte der Professor.

*„Mein Mann hat doch immer wieder heftige Migräneattacken"*, begann Franziska.

*„Mais non"*, unterbrach der Professor, *„Ihr Gatte hatte keine Migräne; das war nicht der Grund für den Unfall."*

*„Was war es dann?"*, fragte Franziska.

Der Professor schaute zu Jean-Marie und sagte:

*„Aber du weißt es schon, nicht wahr?"*

„*Was soll ich wissen?*", fragte Jean-Marie aufgeregt.

„*Dass dein Papa sehr krank ist*", antwortete der Professor.

Jean-Marie schüttelte den Kopf und Franziska fragte mit fordernder Stimme:

„*Sagen Sie uns auf der Stelle, was mit meinem Mann los ist!*"

„*Ihr Mann hat einen inoperablen malignen Hirntumor*", antwortete der Professor, der in diesem Augenblick erkannte, dass weder der Sohn noch die Gattin davon wussten.

„*Es tut mir sehr leid*", sagte der Professor.

Eine bedrückende Stille nahm den Raum in Besitz. Franziska und Jean-Marie sahen einander in ihre Gesichter, die gleichermaßen von Entsetzen und Angst erfüllt waren.

Und in die Stille hinein drang die Frage von Jean-Marie:

„*Was bedeutet das? Kann man da gar nichts machen?*"

„*Nein*", antwortete der Professor, „*das ist ein bösartiger Tumor, der in das umwachsende Gewebe eindringt und es zerstört.*"

*Das war auch der Auslöser für den Unfall."*

*„Können wir jetzt zu ihm?",* fragte Franziska.

*„Ja",* antwortete der Professor, *„aber zuvor muss ich Ihnen noch etwas sagen. Der Tumor ist in das Sprachzentrum eingedrungen. Das heißt, Ihr Gatte kann sich nicht mehr verständlich ausdrücken."*

Das war zu viel. Franziska bekam einen heftigen Weinkrampf und schrie laut. Als der Professor auf sie zutrat, um sie zu beruhigen, trommelte sie mit ihren Fäusten gegen seine Brust.

Jean-Marie nahm Franziska in seine Arme und auch er weinte, während er Franziska über ihr Haar strich.

*„Lass uns zu ihm gehen",* sagte er leise.

Als sie das Büro des Professors verlassen hatten, um in das Krankenzimmer von Jaques zu gehen, musste Jean-Marie Franziska stützen.

Sie konnte sich nicht beruhigen und rief immer wieder:

*„Warum? Warum? Warum ist das Schicksal so böse zu uns?"*

Jaques lag völlig apathisch in seinem Bett. Was der Professor nicht gesagt hatte, war die Tatsache, dass auch die Gesichtsmuskeln, welche die Mimik steuern, in Mitleidenschaft gezogen waren.

Franziska erstarrte, als sie in das Gesicht ihres Liebsten sah. Allein die Augen zeigten noch Leben, der Rest des Gesichtes war wie tot.

*„Hallo, mein Liebling, was machst du denn für Sachen"*, sagte Franziska, die eine Gefangene ihrer eigenen Hilflosigkeit war.

Sie beugte sich zu Jaques hinunter und küsste ihn auf den Mund. Dann lächelte sie. Es war, als wolle sie sein Gesicht dazu animieren ihr ein Lächeln zurückzugeben.

Aber nichts geschah; das Gesicht von Jaques war nur mehr eine Maske.

*„Bonjour, cher Papa"*, sagte Jean-Marie und auch er küsste Jaques. Als er sich über ihn beugte, fielen seine Tränen auf Jaques Gesicht.

Jaques Augen huschten zwischen Franziska und Jean-Marie hin und her. So, als wollten sie ihre Aufmerksamkeit zu gleichen Teilen auf die geliebten Menschen lenken.

Franziska nahm die rechte Hand von Jaques und hielt sie fest. Sie hoffte, sie könnte einen leichten Druck verspüren als Mittel, um ihr zu dokumentieren, dass er sie wahrnahm.

Aber sie spürte nichts. Es schnürte Franziska die Kehle zu, und egal, was sie noch sagen gewollt hätte, es wäre nicht über ihre Lippen gegangen.

Sie stand auf und verließ das Zimmer. Jean-Marie folgte ihr kurz darauf nach.

*„Es tut so weh"*, sagte sie zu ihm, *„es frisst mich auf."*

*„Ich weiß, Francine"*, antwortete Jean-Marie.

Eine Schwester war auf sie zugetreten und bat sie noch einmal das Büro des Professors aufzusuchen.

*„Bitte, setzen Sie sich"*, sagte der Professor, *„ich muss Ihnen noch etwas mitteilen. Jaques hat mich auf diese Situation vorbereitet."*

*„Heißt das, er wusste, dass das eines Tages passieren würde?"*, fragte Franziska aufgebracht.

*„Wissen wäre zu viel gesagt"*, antwortete der Professor, *„sagen wir, er hat es in Betracht gezogen."*

In Franziska entbrannte gerade ein heftiger Kampf. Traurigkeit und Wut kämpften um die Vorherrschaft.

Traurigkeit, weil ihr bewusst war, dass sich Jaques schon in Todesnähe befand, und Wut darüber, dass er ihr den Tumor verheimlicht hatte.

Franziska fühlte sich hintergangen…

„*Ich habe mit Notar Poirée gesprochen, und er erwartet sie. Sie können ihn bis 17:00 Uhr in seinem Büro erreichen.*"

„*Und das hat Ihnen mein Mann auch so aufgetragen?*", fragte Franziska.

„*Ja, schon vor ein paar Wochen*", antwortete der Professor, „*als er feststellte, dass die Beschwerden zugenommen hatten.*"

Und wieder wurde Franziska von dem Gefühl des hintergangen worden Seins erfasst.

„*Und wo finden wir diesen Herrn?*", fragte Franziska, welche sich nun willig dem Gefühl der Empörung hingab.

„*Ich kenne die Adresse von Notar Poirée*", sagte Jean-Marie, worauf Franziska antwortete:

„*Das ist wohl auch ein Freund der Familie.*"

Jean-Marie sah Franziska einen Moment lang an und antwortete dann: „*Ja.*"

„*Bitte, entschuldige, Jean-Marie*", sagte Franziska, „*aber mir schwimmt gerade mein ganzes Leben davon.*"

„*Das verstehe ich, Francine*", antwortete Jean-Marie.

Der Notar hatte bereits auf die beiden gewartet.

*„Es tut mir sehr leid, Madame"*, sagte er bei der Begrüßung mit Bittermine, und Franziska sagte:

*„Noch ist mein Mann ja noch nicht gestorben."*

Zum Glück verstanden die beiden Männer das Gesagte nicht, denn Franziska hatte es auf Deutsch gesagt.

*„Mein lieber Freund Jaques hat mich vor ein paar Wochen aufgesucht, um sein Testament zu ändern und mir einen Brief für Sie beide zu gegeben.*

*Entgegen der sonst üblichen Gepflogenheiten, übergebe ich Ihnen – auf den ausdrücklichen Wunsch von Jaques – sowohl das Testament als auch die Briefe schon heute.*

*Beides wollen Sie aber bitte erst nach dem Ableben des Testators öffnen. Sie sollen das gemeinsam machen, indem Sie eine Flasche Wein aus dem Keller holen und sich die Briefe gegenseitig vorlesen.*

*Die amtliche Testamentseröffnung findet natürlich gesetzeskonform auch erst nach dem Ableben von Jaques statt."*

Franziska musste sich übergeben. Sie stand auf und erreichte gerade noch rechtzeitig die Toilette.

*„Das ist krank"*, schrie sie, *„das ist so krank!"*

Nur drei Tage später verstarb Jaques. Als seine Schmerzen unerträglich wurden, setzte der Professor die Zugabe von Morphium so hoch an, dass der Körper daran zerbrach.

Es war eine Erlösung für alle Beteiligten. Jean-Marie war bei Franziska geblieben. Er hatte sein altes Zimmer wieder bezogen.

Franziska war die ganzen Tage wie in Trance. Sie verweigerte die Nahrungsaufnahme und verbrachte die meiste Zeit schlafend im Bett.

Während Jean-Marie seinen Vater jeden Tag besuchte, blieb Franziska im Haus. Sie weigerte sich Jaques zu sehen.

Als Jean-Marie in der Nacht, als Jaques starb, vom Professor darüber in Kenntnis gesetzt wurde, ging er zu Franziska ins Schlafzimmer und sagte:

*„Es ist vorbei, Francine, Jaques ist erlöst."*

Franziska schlang ihre Arme um Jean-Marie und dann weinten beide.

Mit jeder Träne wurde der Wut von Franziskas Seele gespült und an seine Stelle trat eine tiefe Trauer um einen Mann, der sie in ein Paradies geführt hatte.

Franziska frühstückte am nächsten Morgen zusammen mit Jean-Marie. Danach fuhren sie ins Hospital.

Jaques lag in einem Sarg, der mit wunderschönen Orchideen ausgeschmückt war. Seine Gesichtszüge waren ganz anders, als Franziska das in Erinnerung hatte.

Waren sie noch bei ihrem letzten Besuch eher steinern, so wirkten sie jetzt weich und entspannt. Sie beugte sich hinunter und gab ihm einen Kuss auf die Stirn.

*„Es war der Wunsch Ihres Vaters, dass er verbrannt wird"*, sagte der Professor, der leise hinzugetreten war.

Jean-Marie nickte und Franziska stimmte ebenfalls zu.

Am Abend desselben Tages setzten sich die beiden zusammen. Jean-Marie hatte eine Flasche Wein aus dem Keller geholt, und Franziska hatte ein Bild des Verstorbenen aufgestellt und eine Kerze angezündet.

Dann nahm sie ihren Brief, öffnete ihn und las ihn laut vor:

*„Meine über alles geliebte Franzi,*

*ich möchte diesen Brief mit einer Entschuldigung beginnen, weil ich Dir sehr weh getan habe.*

*Als ich Dich zum ersten Mal sah, habe ich mich sofort in Dich verliebt. Ich wusste damals schon um* meinen Tumor, und dass meine Lebenszeit nicht von langer Dauer sein würde.

Mein Wunsch, die mir noch verbleibende Zeit mit Dir zu verbringen, war stärker als meine Skrupel Dich zu hintergehen.

Dadurch habe ich große Schuld auf mich geladen, für die ich wohl im Fegefeuer schmoren werde. Das würde ich gern in Kauf nehmen, wenn ich wüsste, dass Du mir ein wenig verzeihen könntest.

Du sollst wissen, dass jeder Tag mit Dir ein Geschenk für mich war, und dass ich jede Nacht dafür gebetet habe, Gott möge mir einen weiteren Tag hinzufügen.

Leider sind es nicht mehr geworden.

Wir sind vor einiger Zeit an diesem schönen, alten Gebäude vorbeigefahren, wenn Du Dich erinnerst. Und du hast mir vor sehr langer Zeit – es war noch in Deutschland – davon erzählt, dass es früher ein Wunsch von Dir war, später einmal ein eigenes Café zu besitzen.

Dein Wunsch wird sich erfüllen. Ich habe das Haus gekauft und auf Deinen Namen einschreiben lassen. Du kannst damit machen, was Du willst.

Du kannst es herrichten lassen und zu neuem Leben erwecken; aber Du kannst es natürlich auch wie-

*der verkaufen, wobei mich ein Kaffeehaus mit dem Namen <Francine> sehr freuen würde.*

*Mit Jean-Marie hättest Du einen formidablen Kaffeelieferanten. Er würde Dir sicher auch sonst gern zur Hand gehen.*

*Liebste Franzi, ich danke Dir für die herrliche Zeit, die wir gemeinsam verbracht haben. Sie hat mich für vieles entschädigt. Ich wünsche Dir, dass Du in Jean-Marie einen kleinen Bruder sehen kannst, und ich wünsche mir, dass Ihr aufeinander aufpasst.*

*Ich werde die Angelegenheit von höherer Warte aus beobachten; vorausgesetzt, du kannst mir ein wenig meinen Egoismus aus Liebe verzeihen, und ich entgehe so dem Fegefeuer.*

*Ich umarme Dich ein letztes Mal in größter Herzlichkeit und mit all der Liebe, die ein Mensch nur empfinden kann.*

*Dein Jaques.“*

Franziska musste immer wieder unterbrechen, während sie den Brief las. Es schnürte ihr die Kehle zu, und die Tränen verschleierten ihren Blick.

Jean-Marie stand auf und nahm Franziska in die Arme.

Nach einer kurzen Weile sagte Franziska: *„Jetzt du.“*

Jean-Marie öffnete seinen Brief und begann zu lesen:

*„Mein geliebter Sohn,*

*ich muss Dich leider verlassen, weil ich auf dem Weg zu Maman bin.*

*Wie gern hätte ich noch mehr Zeit mir Dir und Francine verbracht; aber das Schicksal hatte leider andere Pläne mit uns.*

*Als ich die Nachricht von meinem Tumor erhielt, habe ich lange Zeit mit mir gerungen, ob ich es Dir sagen soll oder nicht.*

*Ich habe mich entschlossen die Krankheit für mich zu behalten, weil ich Dir diese schwere Last nicht aufbürden wollte.*

*Man kann darüber streiten, ob die Entscheidung richtig oder falsch war. Ich, für meinen Teil, würde wieder so entscheiden.*

*Ich habe über all die Jahre beobachten können, wie Du zu einem wertvollen Menschen herangereift bist, und wie toll Du unsere Firma geleitet hast.*

*Leider war ich Dir in einer wichtigen Phase Deines Lebens kein guter Vater, wofür ich Dich heute um Verzeihung bitten möchte. Ich hätte das schon viel früher machen müssen; aber wahrscheinlich war ich zu feige.*

*Jetzt lasse ich Dich zurück mit meiner wunderbaren Frau, die Dir, wie mir scheint, ebenso sehr ans Herz gewachsen ist wie mir.*

*Sie hatte es in ihrem alten Leben nicht leicht, und sie verdient es glücklich zu sein. Mir ist es leider nicht mehr erlaubt meinen Teil dazu beizutragen.*

*Daher bitte ich Dich Francine in allem zu unterstützen, was sie macht und ein Auge auf sie zu haben.*

*Was meine Hinterlassenschaft betrifft. so habe ich mein Testament geändert. Ich hoffe, nein, ich weiß, dass Du damit einverstanden sein wirst.*

*Ich umarme Dich, mein wunderbarer Sohn, und ich werde Maman recht lieb von Dir grüßen.*

*Dein Papa. "*

Franziska hatte Jean-Marie die ganze Zeit über beobachtet. Sein weiches Gesicht erinnerte sie an die Fotografie seiner Mutter, welche auf dem weißen Flügel stand.

Unvermittelt fragte sie:

*„Kannst du Klavier spielen? "*

*„Ja "*, antwortet Jean-Marie, *„warum fragst du? "*

*„Weil ich möchte, dass du mir irgendwann einmal darauf vorspielst. "*

Die Testamentseröffnung brachte keine Überraschung mit sich, da beide Begünstigten schon vorher von dem Inhalt wussten.

Das Haus, ein gut bestücktes Portfolio, sowie ein beträchtliches Vermögen gingen an Franziska.

Die Firma und die Yacht gingen an Jean-Marie.

Jaques hatte verfügt seinen Leichnam zu verbrennen, und dass seine Asche aufs Meer verstreut werden sollte.

Es war ein sonnendurchfluteter Tag, als Jean-Marie und Franziska mit der Yacht hinausfuhren. Als sie ein Stück vom Ufer entfernt waren, schütteten sie die Asche ins Meer.

Aus dem Lautsprecher der Yacht erklang Musik. Von Franziska nach dem Text befragt, antwortete Jean-Marie:

*„Das ist eine alte kreolische Volksweise, deren Text folgenden Sinn hat:*

*„Der Tod ist nicht dein Feind. Empfange ihn mit offenen Armen; denn er ist der Freund, der dich dorthin zurückbringt, von wo du einst gekommen bist."*

\*\*\*\*\*